Viaje de ida

Viaje de ida

Carmen Teresa Leiva de Armas

Publicaciones
Entre Líneas

Viaje de ida
Primera edición, 2016

Composición, diseño interior:
Pedro Pablo Pérez Santiesteban.

Diseño de cubierta:
Pedro Pablo Pérez Santiesteban

Pintura de cubierta:
Fotografía tomada de Internet.

© Carmen Teresa Leiva de Armas, 2016
© Publicaciones Entre Líneas 2016

ISBN: 978-1536940961

Miami, Florida, EE.UU.
www.publicacionesentrelineas.com

Este libro no podrá ser reproducido ni total, ni parcialmente.
Todos los derechos reservados por el autor.

*«Háblame, musa de aquel varón
de multiforme ingenio,
que después de destruir la sacra ciudad de Troya,
anduvo peregrinando larguísimo tiempo,
vio las poblaciones,
conoció las costumbres de muchos hombres
y padeció en su ánimo gran número de trabajos...»*

Homero
LA ODISEA

A mi familia; a mi gente, a los que están aquí, a los que se han ido, a los que nacieron lejos de la tierra madre, a todos los que la quieren y como yo, han emprendido su propio viaje de ida, la búsqueda de Ítaca.

Notas de la autora

Este libro comienza donde termina mi anterior novela, *Un día en el motel*. Esta es la historia de uno de los personajes que dejó mayor huella entre los lectores y en mí. Se trata de un joven de la Cuba actual que decide venir a los Estados Unidos, sólo para enfrentarse a un mundo para el que no está preparado. Comete errores, lo persigue la mala suerte y pone su vida en peligro. Sin embargo, gracias a su simpatía, buen corazón, espontaneidad y con la ayuda de buenas almas que se cruzan en su camino, logra sobrevivir y encontrar un nuevo rumbo.

El título de esta novela es *Viaje de ida*. Alrededor de su personaje central giran otros que cargan su propio drama y peculiaridades. Es un estudio de contrastes. Para algunos, este viaje es un comienzo, mientras otros están reescribiendo su historia o poniéndole punto final.

También se pueden apreciar las similitudes y diferencias que existen entre los que nacieron y se criaron en la Cuba de antes y los que lo hicieron después de 1959, que van desde la manera de hablar, hasta la forma de pensar. Afortunadamente lo que prevalece es la generosidad, el amor a la familia y el sentido del humor cubano, que se aprecia en situaciones cómicas, trágicas o tiernas.

Al lector le pido que no busque similitudes con personas o situaciones de la vida real, porque no las hay. La historia es pura fantasía y los personajes son totalmente ficticios. Sólo las circunstancias y el medio en que se desarrolla la trama se ajustan a la realidad.

Este es un libro que he escrito calladamente, con palabras sencillas, de esas que todos entienden, tratando de plasmar una serie de estampas del mundo que nos rodea y algunos recuerdos de lo que se dejó por allá...

No se pueden olvidar los agradecimientos, primero a mi familia por su incondicional apoyo... A mi hija Lisette, por sus siempre originales ideas, a mis nietas: Andrea, que es quien me guía en el mundo de la intrincada tecnología moderna y a Carolina, que cuando le dije que no estaba segura cómo terminar el libro, simplemente me dijo, *"Abe, just write... it will come to you"*.

Quiero darle las gracias a Luis Velasco, también autor, que se ha leído una y mil veces el manuscrito. A Leonel Antonio de la Cuesta, mi consejero editorial, hermano y amigo del alma. Y a Úrsula Estupiñán viuda de Fernández, por su apoyo, amistad y talento que siempre demuestra al diseñar la portada. También a Ileana Prío y a Raquel Switzer por su sincera cooperación.

Prefacio

Es curioso, sabios, creyentes y no creyentes, han tratado de darle una explicación lógica a nuestra existencia y no lo han logrado, no sabemos con certeza de dónde venimos, ni hacia dónde vamos. Las especulaciones sobran. Los que tenemos fe, creemos firmemente que al final del camino nos reuniremos con nuestro creador, Dios, y que nuestras acciones durante la vida cuentan. Somos afortunados, sabemos que no sabemos y con eso nos basta.

Lo que sí podemos afirmar, sobre todo cuando se ha andado lo suficiente, es que vivimos rodeados de misterios. ¿Qué o quién pone a una persona en nuestro camino? Intervención divina... Suerte... Destino... Casualidad. No hay duda, el hecho más trivial que dura sólo un momento, un segundo, nos puede alterar el rumbo y llevarnos en una nueva dirección.

Sin saberlo ni esperarlo hay personas que aparecen sorpresivamente en nuestra vida, según dicen los que saben, para cumplir una misión. Algunos vienen a quedarse hasta el final, otros desaparecen, se desvanecen, se van. Y no sabemos cómo se fueron ni por qué.

¿Fuerzas invisibles? ¿La mano de Dios? No es nuestro propósito adentrarnos en misterios que seguirán siendo... misterios. Simplemente nos vamos a limitar a seguir de cerca las actividades de una serie de personajes que tienen muy poco o nada en común, y sin embargo, sus vidas se tocaron, creando una serie de situaciones inesperadas.

Carmen Teresa Leiva de Armas

Algunas veces peligrosas, otras atrevidas, simpáticas y más… Todos se han embarcado en un sorpresivo viaje de ida y lo cierto es que ya ninguno volverá a ser igual.

Carmen Teresa

Sobre este libro

La casa editorial Publicaciones Entre Líneas tenía ya el placer de tener en su catálogo de autores, a la escritora Carmen Teresa Leiva de Armas, pues su primer y exitoso libro; *Un día en el motel* fue publicado bajo este sello editorial. De nuevo la escritora cubanoamericana tocó a las puertas de Entre Líneas, para entregarnos su segunda novela corta: *Viaje de ida*, obra que sin lugar a dudas tendrá igual o mayor éxito que la anterior.

Viaje de ida, nos regala una historia apasionante, al estilo tragicomedia, que nos hará disfrutar de una lectura entretenida y llena de diferentes matices, que va desde la incertidumbre, la intriga y la acción, bordando con finas hebras momentos memorables de la trama que nos hará sonreír, pero también meditar, y puede que una u otra vez se nublen nuestros ojos por la emoción de los hechos.

Con un dominio absoluto para contar historias paralelas, la autora nos adentra en un mundo donde la pesadumbre del emigrante se trasluce en la piel del protagonista, y desde donde nacen varias de las fábulas, representadas por el resto de los personajes, para darnos una visión totalmente cinematográfica.

Carmen Teresa, retoma a Yoramis, personaje clave de su primera novela: *Un día en el motel*, y esta vez lo viste de protagónico y echa andar toda su imaginación para hacer de él un súper héroe, que va desde un «Cantinflas» hasta un

«James Bond», y todo sin que Yoramis se dé cuenta de su crecimiento como ser humano.

Todo comienza cuando un *bus* al que Yoramis bautiza con el nombre de «La Flecha», emprende un viaje desde New Jersey hasta la ciudad de Hialeah, en la Florida. Varios y de distintas clases sociales son los pasajeros que les tocará transportar a Yoramis y a su amigo Raudel, ambos emigrantes cubanos, procedentes de Caimito. Pero este famoso viaje, no surge de la casualidad, sino que razones de peso mayor lo originan.

La autora demuestra en esta obra un don especial para contar historias, pero además para engarzar unas con otras de manera magistral, porque al margen del hilo conductor, que lo representa Yoramis y Raudel, cada uno de los viajeros nos cuentan su propia vida, durante el trayecto de ese viaje donde puede suceder de todo.

Viaje de ida, es en mi opinión un libro "redondo", término que utilizo cuando quiero decir que no falta ni sobra algo. Que todo está en balance perfecto, y es que su autora, es una de esas voces que se imponen con calidad en la narrativa contemporánea.

Sólo me resta invitarlos a que se suban a «La Flecha», y hagan junto a todos estos personajes, un *Viaje de ida...* inolvidable...

Pedro Pablo Pérez Santiesteban [AWA]
PUBLICACIONES ENTRE LÍNEAS

La gran ciudad

Era un día de esos… lúgubre y gris. El comienzo del otoño en la Ciudad de Nueva York, cuando ya sopla el aire, frío y húmedo, calando los huesos y cortando la piel, presagio del invierno por venir.

Desde la cubierta del ferry que cruza la entrada del puerto —desde la Staten Island hasta el muelle en el Bajo Manhattan—, se puede apreciar el contorno inconfundible de la Gran Ciudad. No importa cuántas veces se hace este viaje, siempre es emocionante ver los enormes rascacielos, que en un día como hoy tropiezan y se confunden con las nubes. Majestuosos, impresionantes. Testimonio del poder económico que representan. En la distancia, entre la penumbra propia de la madrugada, se distinguen los largos puentes colgantes que unen los distintos barrios neoyorquinos… Un poco más allá, la Ellis Island y antorcha en mano, la famosa silueta de la Estatua de la Libertad.

Además de la emoción de ver de cerca una imagen conocida a través de mil películas, estar allí es como vivir en el centro del universo, ser parte de un espectáculo mundial, no se puede pedir mucho más.

El recorrido del ferry, que dura 20 minutos, es gratis. Es un servicio que la Ciudad de Nueva York ofrece a los peatones.

Por lo tanto, poco importa que el barco sea viejo y maloliente. Como todos los de la misma flotilla está pintado de color naranja. En sus tres pisos, amontonadas junto a enormes paneles de cristal plástico transparente, están las hileras de sillas, duras y sucias, donde se acomoda el interesante muestrario de pasajeros: oficinistas, obreros, borrachos, prostitutas, drogadictos, y por supuesto, los inevitables turistas. La composición y estado general del grupo depende de la hora, y por razones obvias es mejor evitar hacer el recorrido en altas horas de la noche o en la madrugada.

Las cubiertas de estos barcos son pequeñas, y no siempre se encuentra espacio para pararse y contemplar la ciudad, aunque cuando hay mal tiempo las imágenes pasan a un segundo plano y hay que resguardarse adentro, donde hay que apurarse para encontrar asiento.

Yoramis de Carlo se encuentra recostado junto a la borda de una de las cubiertas. El día no ha sido el mejor para él. Por primera vez, en medio de la habitual confusión mental que lo caracteriza, se preguntaba qué rayos hacia él, un cubano de Caimito del Guayabal, trabajando en un ferry que en ese momento iba rumbo al puerto de la calle Whitehall en Manhattan. En realidad, su verdadero apellido no era de Carlo, sino García, pero al llegar a los Estados Unidos soñó con ponerse el nombre de la artista Yvonne de Carlo, cuyas películas de los años 40 eran algunas de las que él veía allá, en el cine de su pueblo y quedó obsesionado con ella. Por eso decidió copiarle el nombre.

Viaje de ida

—Le zumba caballero —dijo entre dientes—. A mí nadie me dijo que iba a trabajar tanto y pasar este frío.

Claro, ya su jefe le había llamado la atención y estaba muy molesto. Acostumbrado a vivir ajeno a las estructuras de la libre empresa, se puso a separar asientos en el ferry por su cuenta, cobrándole dos dólares a los pasajeros y embolsillando el dinero que obtenía por el servicio. No sólo hizo algo que estaba enfáticamente prohibido, sino, que era causal de despido.

—Ay... si yo hubiera sabido esto —dijo en voz baja, temblando bajo un grueso suéter de lana, pulóver *turtleneck* y la chaqueta del uniforme que usan los empleados del departamento de transporte—. El capitán se enteró porque una vieja inglesa, medio loca, que siempre viene con sombrero y paraguas, se quejó porque no le gustó el asiento que le di... que se habrá creído, sinvergüenza... Bueno, no importa, si me botan, mejor. Yo nunca he sido marinero, soy guajiro... Bueno, guajiro no, del interior cerca de La Habana —se rectificó rápidamente. Es que Yoramis siempre ha sido un tipo bastante pretensioso.

La que me hizo venir a este país fue mi ex novia Raysa, recordó Yoramis. *Se retrató frente a una casa enorme de tres pisos con tremendo Mercedes en la puerta diciendo que era de ella... Y me lo tragué,* pensó, mientras seguía ensimismado observando el perfil de la ciudad. *¡Mentirosa!*

Yoramis es un individuo que en el año escaso que lleva en los Estados Unidos, ya ha dejado huella. Fue causante, aunque no intencionalmente, de un accidente que contribuyó a la desaparición del motel Los Nidos, en Miami. Y en San Francisco, en menos de dos meses, causó revuelo al chocar un indestructible tranvía —o *cablecar*—, que redujo a escombros, provocó una reyerta y como consecuencia, pasó una breve temporada en la cárcel.

Ahora, llegó a Nueva York atraído por las promesas de Raudel Fuente, un amigo con quien frecuentaba la escuela allá en Cuba en sus días de pionero[1]. Raudel ya lleva algún tiempo por «la yuma», como le dicen en Cuba a los Estados Unidos. Actualmente, vive con una bailarina exótica llamada Irina en el barrio ruso de Brooklyn. Gracias a ellos fue que Yoramis pudo conseguir trabajo en el ferry sin tener idea de navegación, obviando los cursos y entrenamiento que se requieren como prueba de capacitación. *Este Raudel es la candela*, se dijo Yoramis y le contó toda la historia de cómo logró el empleo a los demás grumetes del ferry quienes lo odiaban.

No me gusta el cuento de vivir en el apartamento con Raudel y la bailarina, le escribió a su madre, *pero no tengo otro remedio. Por ahora, me quedo aquí. Él está muy bien*

---

[1] N. del A. Pioneros. Organizaciones propias de los países comunistas destinadas a adoctrinar a los niños en el partido. Comienzan en la escuela primaria y continúan hasta la adolescencia. Su principal distintivo es una pañoleta roja que llevan atada al cuello. En Cuba la organización lleva como nombre José Martí.

Viaje de ida

conectado. Conoce a unos rusos muy importantes, que lo llaman y lo vienen a buscar en unos carros negros enormes. Tienen bille y mucha influencia.

Hasta hace unos días parecía que a Yoramis las cosas le iban bien, pero hoy amaneció con un extraño presentimiento. Se sentía inquieto, ansioso. Mientras miraba ensimismado la ciudad de Nueva York, algo andaba dándole vueltas en la cabeza y se le ocurrió preguntarle a Erwin, uno de los marineros con quien podía hablar en *spanglish* y que en ese momento pasaba por su lado.

—Oye, Erwin, ¿te puedo preguntar una cosa?

Erwin, que no lo resistía, lo miró con marcada impaciencia.

—*What's your problem, man...* dime rápido que estoy *busy*.
—¿Tú sabes cómo es eso de rezar? —le preguntó Yoramis.

Erwin abrió los ojos asombrado:

—¿Qué?

Yoramis continuó:

—Sí, rezar cómo es... qué se dice... En Cuba no me lo enseñaron.

Erwin no salía de su asombro.

—*Listen Dude*, yo no sé qué te pasa, pero yo no te puedo ayudar... Eso es muy complicado, *man*. Mira, vete a la iglesia a ver a un cura, a un pastor o a un santero, yo no sé... Otro día, ¿ok?"

Y Erwin se alejó rápidamente mirando a Yoramis por encima del hombro, mientras murmuraba en voz baja... *Yo lo sabía, This guy is nuts.*

Quizás, en ese momento Yoramis debió haberse detenido a escuchar sus voces internas. O quizás no... Quizás hoy estaba escrito que su destino iba a cambiar de rumbo, a dar un giro provocado por las circunstancias...

Habían pasado sólo unos minutos y lo llamaron del puente de mando para que fuera a colocar la plancha de desembarque que se usa para abandonar la nave al llegar al puerto. Generalmente esta maniobra se hace por medios automáticos, pero hoy no. El mecanismo estaba roto y había que hacerlo manualmente.

Refunfuñando, Yoramis se dispuso a cumplir la orden sin poner mucho de su parte. Desafortunadamente, su cabeza andaba por las nubes y una vez más se equivocó. No ajustó bien la plancha y ésta se soltó en el momento que más de veinte pasajeros se encontraban desembarcando. Como resultado, ocho de ellos cayeron al agua... fría, sucia, apestosa, contaminada...

—¡Coño, se cayeron...! —gritó Yoramis espantado.

Viaje de ida

—*Men on the water, men on the water...!* —a voz en cuello dieron la voz de alarma los marineros.

Poco después, *dejavu*... en medio de gritos, lamentos y sirenas, llegaron los guardacostas. Ya los marineros habían tirado los botes salvavidas al agua y ahora estaban sacando a los pasajeros que mojados como una sopa insultaban y le hacían todo tipo de gestos obscenos a Yoramis al pasar por su lado... "*Asshole*", le increpó un obrero que iba rumbo a su trabajo.

—¡Qué lo boten! —gritó Queen Fabiola, una prostituta holandesa que hablaba español, esgrimiendo una peluca roja que chorreaba agua, quejándose porque sus medias negras de malla se habían roto y ahora tenían varios huecos.
—Me la vas a pagar... esto no se queda así... Me habían contratado para una fiesta en el Caribe, iba en avión privado —le decía furiosa—. Ahora tengo que cancelar.

No tardaron en llegar las numerosas ambulancias, se acercó la policía, vinieron los noticieros... Afortunadamente nadie se ahogó. Pero Yoramis perdió el trabajo. Inmediatamente y sin mayor explicación, lo despidieron.

La Delicia-Villo Deli y Bodega

El joven cubano Vicente Valdieso, llegó a Union City, Nueva Jersey en 1972. Su primer trabajo fue haciendo entregas a domicilio en Pignatari's, una pizzería situada en la céntrica avenida Bergenline. Trabajador, organizado y ambicioso, se ganó el afecto de los dueños del negocio, que rehusaban decirle Vicente y le pusieron Villo. Con el andar del tiempo, Villo se asoció a los Pignatari, y cuando ellos decidieron retirarse en su natal Sicilia, les compró su parte de la pizzería, convirtiéndola en un emporio, o bodega, a la que le puso, La Delicia-Villo-Deli y Bodega.

Poco a poco, la bodega fue creciendo. Villo adquirió la otra parte del edificio y se expandió. Actualmente, La Delicia ofrece una serie de servicios que van mucho más allá de simplemente vender frijoles, arroz y carne de puerco. Ahora tiene un salón de fiestas, donde se reúnen grandes y chicos a celebrar… la vida. En el fondo de la bodega puso un consultorio, que aunque no está precisamente de acuerdo con lo que dicta la ley, a nadie le importa porque cumple una función importante. Allí, todos los días, domingos inclusive, el doctor Cipriano Infiesta —que carece de licencia para ejercer la medicina— pero dice haberse graduado de la Universidad de la Habana, ve a todo tipo de pacientes: hombres

Viaje de ida

mujeres, niños, hace visitas a las casas y cura catarros, reuma, colitis, y afecciones de la piel. Las recetas se compran en la farmacia de Pedro el sagüero, que no hace preguntas. Eso sí, no se aceptan seguros. Por su parte, el doctor Cipriano cobra muy poco. Además de efectivo, acepta trueques y pagos en especie, desde muebles para su casa, hasta pollos, abrigos, boletos para conciertos, relojes y bufandas.

Hoy es domingo en la mañana y en la casa de los Valdieso todo parece ir de acuerdo con la rutina.

—Meche, mira este anuncio que salió en el periódico —le dijo Villo a su mujer.

Él estaba en la sala de estar, instalado en un mullido butacón, su favorito, mientras ella preparaba el desayuno en la enorme cocina adyacente.

—¿Qué vas a comprar ahora…?, yo no quiero más inventos tuyos aquí en la casa —le dijo Meche, una guapa mujer de unos 60 años, que llevaba sus canas recogidas en un elegante moño, mientras le servía a su marido una jarra con café con leche.

Los Valdieso, aunque habían hecho mucho dinero, llevaban una vida sencilla. Los hijos estaban casados o estudiando en prestigiosas universidades y ahora pasaban el tiempo libre en la casa, entre la televisión y la computadora.

—Están vendiendo un ómnibus de segunda mano, uno de esos grandes... Creo que lo dan a buen precio, mira aquí está la foto...

Meche lo miró recelosa...

—Y para que tú quieres un ómnibus, ¿se puede saber?, no te basta con todo lo que has puesto en la bodega. Creo que ahora metiste allí hasta Felipe el santero. Yo no sé cómo se lo voy a decir al Padre Luis.
—Mujer, mujer... el ómnibus es para organizar excursiones, sobre todo ahora que empieza el *football* y hay que ir a ver jugar a los Jets... Mira lo bien que le va a esa línea de ómnibus de Newark, la que va a Miami... y el Padre Luis podría llevar a los fieles a Baltimore en uno de sus peregrinajes famosos de San Judas.
—Villo... por favor, no más... que nos estamos poniendo viejos —interrumpió Meche.

Villo la miró y disimuladamente guardó el periódico...

Cuando Meche salió de la casa para ir a misa, llamó por teléfono para hacer una cita. Aquello del ómnibus le gustaba mucho. Pero si lo compraba iba a necesitar a un chofer y otro empleado más... La idea no era mala. Es más iba a llamar para poner una solicitud de empleo.

Ahora mismo, vamos a ver qué pasa, se dijo y sonrió.

La Hermana Faustina

El convento de las Hermanas de La Piedad, se encuentra en una colina junto al río Hudson, cerca de la ciudad de Newburgh, en el estado de Nueva York. Es un lugar de paz y belleza infinita. Desde lejos, todos los días, temprano en la mañana y al anochecer se escuchan las voces angelicales de las monjas, elevando sus cantos a Dios. Dentro de sus muros, los bien cuidados jardines invitan a la meditación, es un ambiente donde se respira una paz absoluta.

A María Faustina Mercate sus padres la hicieron ir a buscar refugio allí, lejos de la Florida donde residían. La linda joven, con sólo 17 años, había cometido una indiscreción, quedando embarazada, y una vez que dio a luz, su madre la forzó para que se retirara del mundo y fuera a expiar su pecado.

Ya han pasado poco más de tres años y hoy, sentada en un rústico banco en el patio central del convento, vistiendo el hábito blanco de novicia, la mente de la Hermana Faustina voló hacia el pasado, meditando sobre lo que iba a ser de su vida aquí, lejos del mundo, lejos de sus amigos, sin tener la necesaria vocación religiosa.

Sin embargo, debo pensar positivamente. Este tiempo no lo he perdido, se dijo. *He tenido la oportunidad de analizar y aclarar en mi mente tantas cosas… sin darme cuenta, crecí.*

Para entender a Marifá, que es como la llamaban tiempo atrás sus familiares y amigos, hay que conocer la historia de los Mercate.

Los padres de Marifá, Antonio y Ailen Mercate, solo tuvieron una hija, a la que llamaron María Faustina, en honor de su abuela paterna. No la llamaron así por amor a la anciana señora, sino porque ésta era inmensamente rica. Doña Faustina y Don Benito Mercate, a su vez, tenían adoración con Antonio, su único hijo, cuyas debilidades conocían muy bien. Según ellos, el cometió el grave error de casarse con una mujer extraordinariamente bella, vana, extravagante, inmoral, irresponsable y mal educada, de quien quedó perdidamente enamorado. Antonio, por su parte, era inseguro y fácil de manipular. Ailen hacía de él exactamente lo que ella quería.

Cuando nació Marifá, que vino al mundo en contra de los deseos de sus propia madre, sus abuelos se apuraron en cambiar el testamento y la hicieron su única y universal heredera. Su hijo, mientras viviera, tendría más que suficiente para cubrir todas sus necesidades, así como las de su mujer y más…, pero una vez que ellos faltaran todo iría para su nieta. Y la herencia era cuantiosa. Don Benito Mercate había sido un importante magnate azucarero y al salir de Cuba logró poner a salvo su inmensa fortuna que siguió creciendo.

Viaje de ida

Marifá, que heredó la belleza de su madre, creció adorando a su padre, a quien todo el mundo veía como una víctima de una mujer que lo engañaba públicamente, algo que nadie se atrevía a comentar. Fueron muy difíciles las circunstancias que rodearon la niñez y adolescencia de Marifá, haciéndola escudarse en sus estudios y en sus amistades. A medida que fue pasando el tiempo, desarrolló una enorme rebeldía hacia su madre, a quien detestaba, y el sentimiento era mutuo. Quizás por eso, en la primera oportunidad que tuvo, se hizo novia de Ramiro, un joven estudiante de quien no estaba en sí tan enamorada, pero andaba en busca de amor, y al no tener el calor y la dirección moral que da una madre, pecó.

El embarazo de Marifá se mantuvo en secreto. Los Mercate, la mandaron fuera de la ciudad hasta que dio a luz una niña. Entonces, se hicieron los arreglos para darla en adopción, Marifá solo la vio un instante. Ramiro, el joven papá, nunca apareció. La familia de él también hizo lo posible por ignorar la situación y tampoco pusieron oposición a la decisión de los Mercate. Y así quedó la cosa. A los amigos se les dijo que Marifá quería seguir la vida religiosa, lo cual nadie creyó. Los únicos que intercedieron fueron sus abuelos, pero ya muy mayores y achacosos, poco podían hacer contra la voluntad de Ailen, que se impuso con rigor. Total, nadie entendió su afán de moralidad. Lo que sí entendieron, era que con su hija alejada en un convento, ella manejaría la fortuna y seguiría despilfarrando el dinero, especialmente haciéndole regalos ostentosos a sus frecuentes amantes.

Y así fue que Marifá vino a dar al convento. Ya hacía año y medio que sus abuelos habían muerto. Sólo que hoy había llegado a una conclusión. En unos días llegaría a la mayoría de edad y ya podía reclamar su herencia, salir de allí y rehacer su vida. Volvería a la Florida y se enfrentaría a sus padres.

Ahora sola en el convento reflexionaba... Las ideas corrían por su mente, reviviendo el pasado y planeando cómo resolver los problemas que sabía se le presentarían en el futuro.

Me va a ser muy difícil enfrentarme yo sola a mis padres. Porque no tengo quien me defienda... Pero aquí aprendí algo muy importante. Aprendí a no desesperarme, a tener fe, me pondré en manos de Dios... Hace poco leí que no estamos conscientes de cuán fuertes somos. No tenemos alas, pero podemos volar si nos lo proponemos. Por el momento, sé que me iré encontraré a mi hija...Y quizás, alguien aparecerá en mi camino que me ayudará y me dará apoyo....

La pequeña Odesa

Cuando Yoramis le dijo a Raudel que lo habían echado del *ferry* se desató una seria discusión.

—En qué mundo vives, Yoramis... Esta es la Yuma, mi hermano, no estás en Cuba, aquí hay que pegar. Y si no quieres doblar el lomo... vas a tener que resolver de otra forma... —Raudel no siguió hablando. Estaba de mal humor.

Ambos amigos se encontraban en el apartamento que compartían.

—Cómo voy a resolver, a ver, explícame, dame la alternativa porque mi no me gusta trabajar —contestó Yoramis con desfachatez.

—Mira, no sé ni porqué te voy a ayudar otra vez, pero he estado pensando, voy a conectarte con Oleg, él es un tipo muy importante. Tiene mucho bille, abrió un taller de mecánica y siempre está buscando gente de confianza que sabe de automóviles y motores. Así que quédate aquí mismo y espera que yo te llame... No te muevas, Yoramis. ¿Entiendes? Voy a visitarlo.

—Sí claro, no sé a dónde voy a ir... aquí afuera todo el mundo habla ruso y no entiendo ni papa —le contestó Yoramis con rapidez—. Lo poco que me enseñaron en Cuba ya se me olvidó.

El pequeño apartamento que Raudel compartía con Irina, la bailarina —y ahora con Yoramis—, se encontraba en la sección de Brighton Beach en el barrio de Brooklyn donde viven unos 700.000 rusos y se conoce comúnmente como la pequeña Odesa.

Los letreros lumínicos, los restaurantes, los cines y las *boutiques* son típicamente rusos, todo eso parecía confundir profundamente a Yoramis.

—Me metí en un cine a ver una película y nunca supe de qué se trataba —le comentó a Raudel—. Yo no sé cómo a ti te gusta esto. Fui a comer a una cafetería y me dieron una sopa fría, morada y aguá... Pensé que se había agriado y se lo dije al camarero, que por poco me mata. Parece que es un plato de esos de ellos, *borscht* o no sé qué mierda. Lo tiré a broma, pero el tipo ese lo tomó en serio. Oye, viejo esta gente tiene muy malas pulgas. Después, traté de levantar a una rusa en la mesa de al lado, me dijo un montón de cosas, pero no la entendí. Y me fui.

Desde que llegó a Nueva York, Yoramis se sentía como pez fuera del agua. Hasta el momento solo había dado tumbos, y en lo único que pensaba era en su casa allá en Caimito. De joven, nunca aspiró a nada, porque no había a qué aspirar. No aprendió a vivir, sino a vegetar, a "resolver" y ahora con casi 27 años de edad, le estaba costando mucho trabajo aprender. Estaba atravesando una verdadera crisis existencial. No tenía ambición, ni principios, ni moral. Se sentía vacío, deprimido.

Viaje de ida

Que jodio estoy, se dijo. Y en ese momento, en medio de sus lamentaciones, sonó el teléfono. Era Raudel.

—Oye, *bro*, ven para acá ahora mismo, que te conseguí algo... Pórtate bien cuando llegues que esta gente es importante —dijo Raudel obviamente impresionado—. Se trata del dueño del Titov Auto Shop, un taller de mecánica donde arreglan los carros de los rusos más ricos de Brighton Beach.

Y así fue que Yoramis salió de la casa hacia su encuentro.

Cuando lo vio, a Yoramis un escalofrío le recorrió el cuerpo. Oleg Titov era un hombre alto y corpulento. Tenía la cabeza afeitada y una bien cuidada barba. No se le podía llamar grueso, era sencillamente, sólido.

Raudel y Titov se reunieron con el cerca del taller de mecánica, y los tres se fueron caminando por el Boardwalk, un paseo de tablones de madera paralelo a la playa.

Titov llevaba un sombrero de cosaco y un abrigo de piel de nutria, aunque en realidad no había tanto frío. Hablaba un poco de español porque pasó un tiempo en La Habana, cuando las relaciones con la entonces Unión Soviética estaban en pleno apogeo.

—Me dice Raudel que sabes de motores y automóviles. ¿Es verdad? —le preguntó a Yoramis, mientras lo observaba con mirada penetrante. El acento ruso era fuerte y el tono inquisitivo.

Yoramis se sintió intimidado, pero así y todo atinó a responder... y a mentir.

—Yo trabajé con automóviles en Cuba, y manejaba una guagua que iba por toda la carretera central, de un extremo a otro de la isla, cuando se rompía algo, yo lo arreglaba... Además, en Miami manejé un ómnibus de dos pisos para turistas con gran éxito —y sonrió recordando la experiencia.
—Me gusta, me gusta eso —dijo Oleg—. Otra cosa... ¿sabes cómo callarte la boca? Porque no puedes hablar de nada de lo que vas a ver. Y si lo haces, ten la seguridad que no hablarás más nunca en la vida.

Yoramis entendió perfectamente, y aunque asintió y se comprometió a todo, se le iba formando un nudo en la garganta. *Este tipo no me gusta, para nada*, pensó

—¿Puedes empezar mañana...? —le dijo Titov.
—Puedo empezar ahora mismo —le respondió.
—No, no, te quiero conocer mejor. Vamos a celebrar —dijo Titov. Y se dirigió a Raudel—. Vamos a La Balalaika, donde trabaja tu mujer No sabes cuánto me gusta verla, dando vueltas casi sin ropa, deslizándose por esos postes... Después del *show*, dile que se llegue por mi oficina, le voy a dar una buena propina. ¿No te importa, no?

Raudel lo miró con sumisión...

—No, no, vamos para allá. Yo se lo digo.
—Bien, bien, entonces brindaremos con vodka y comeremos caviar —añadió Titov.

Viaje de ida

Y los tres hombres se encaminaron al club donde Irina era la atracción principal. Un lugar oscuro, lleno de humo, decadente, a donde iban los hombres a desatar sus más bajas pasiones.

Discordia

Al fin y a pesar de múltiples opiniones en contra Villo Valdieso, se compró la famosa guagua. Era un modelo de 1999 que sentaba 57 pasajeros, tenía un puesto junto al chofer para el co piloto y baño al fondo. Claro, al baño se le habían caído las puertas y el *toilette* no funcionaba, pero así y todo Villo estaba feliz, Pagó $20,000 en efectivo y acto seguido se fue a sacar la licencia de chofer. Luego, como quien lleva un trofeo, fue a mostrársela a sus dos hijos menores, Vicentico y Arturo, que estudian en la cercana y prestigiosa Universidad de Princeton.

Eran las tres de la tarde cuando Villo hizo su entrada triunfal a través del exclusivo recinto universitario a bordo de su viejo y descolorido ómnibus, lleno de grafiti y pintado de mil colores. A los muchachos los tomó por sorpresa ver a su padre esperándolos frente al edificio donde están los dormitorios.

—¿Qué es esto papá? —le preguntó Vicentico espantado. Él estudia Ciencias Cibernéticas y recién llegaba de una de sus clases—. De dónde sacaste este *bus* tan feo, ¿para qué lo quieres?

Villo se dirigió a sus dos hijos.

Viaje de ida

—Bueno quería la opinión de ustedes.
—Pues... no sé, depende para lo que lo uses, pero no le pongas muchas millas, le dijo su hijo que era serio y muy inteligente—. Y quítale todos estos letreros... Algunos son obscenos y te vas a buscar problemas por ahí...

Arturo, por su parte, se echó a reír y dijo:

—Mira papá, si te hace feliz, quédate con el *bus*. Está viejo y horroroso. Pero por favor, no andes manejando tú solo. Vete para la casa y llámanos cuando llegues —y se rió. Él siempre encontraba muy divertidas las cosas de su padre.

Algo defraudado, pero feliz, Villo se despidió de los muchachos y se marchó. Horas después, al llegar a la casa, Meche, su mujer ya lo estaba esperando y no estaba muy contenta que digamos.

—Qué rayos hacías tú paseándote por Princenton, tan tradicional y elegante en ese ómnibus viejo, Villo. Arturito me llamó. Muy divertido, por cierto. Claro, a él le encantan tus locuras. Pero conoces muy bien todo el trabajo que pasamos para que a esos dos muchachos los admitieran... Tú sabes lo que representa un título de esa universidad, y lo que cuesta —le dijo cada vez más acalorada.
—Meche, eso no tiene importancia, quería que dieran una vuelta conmigo. Los amigos estaban de lo más curiosos con lo del *bus*... Hasta saludé al decano. No hay ningún problema con la universidad —explicó Villo.
—Está bien, pero hay algo muy serio que tenemos que hablar tú y yo. Lo del *bus* es parte de eso...

—¿Qué pasa, Meche? —dijo—. No me preocupes.

—Qué... ¿qué pasa...? Tú lo sabes bien. Me dijeron que el doctor Infiesta casi te recoge del piso esta semana, que te dio una fatiga y no has hecho nada. No has ido al médico, no a Infiesta, al de verdad —continuó Meche que se veía notablemente preocupada.

—Infiesta no tenía que decirte eso. Yo me siento bien, fue cansancio, tensión... estoy bien.

—Ah sí... Y por eso es que me has puesto vasos de agua por toda la casa, porque te lo mandó Felipe el santero... Y te bañaste con un ramo de yerbas que casi tupen la bañadera y tuve que llamar a Nicasio el plomero, que vino a destupir los caños... Villo, no estoy lista para la viudez. Me vendes esa guagua y te me vas a hacer un chequeo al Mayo Clinic, por suerte, hay dinero... No quiero excusas —dijo Meche molesta.

Villo sabía cuándo callarse y obedecer a su mujer. En realidad, ellos se llevaban muy bien y él la quería y respetaba inmensamente. Había sido, a través de los años, la perfecta compañera, una gran esposa, madre, una mujer sumamente inteligente. Meche venía de una familia tradicional cubana, gente de bien, rica, de sociedad. Él, no tanto. Pero las diferencias las superó el amor. Se conocieron, ya ambos en el exilio, iban a la misma escuela, se enamoraron y desde entonces han estado juntos. Se complementaron y son felices.

—Está bien, está bien... —dijo Villo—. Ya puse un anuncio en varios periódicos y en el Internet buscando a dos empleados más. Vamos a ver quién responde. A lo mejor les

Viaje de ida

puedo dar la oportunidad de comprar la guagua... Dame unas días, mujer. Y te prometo que mañana voy al médico.
—No voy a dejar pasar esta, Villo. Te estoy hablando en serio —dijo Meche.

Villo asintió, salió de la casa y se fue a la bodega a conversar con el doctor Infiesta y con Felipe el santero, quien le dio otro ramo de yerbas para que se hiciera un despojo.

—Son los malos ojos, señor Villo. Aquí tiene un resguardo... —y le dio un paquetico que Villo guardó en el bolsillo presuroso—. Usted verá... —le explicó Felipe—. Se lo pone debajo de la camisa y que no lo vea la señora Meche, porque me viene a pelear. Es una protección, con esto se le van a resolver todos los problemas...
—Ojalá, Felipe, Ojalá...

¡A correr!

Era temprano en la mañana cuando Yoramis llegó al taller. Le gustaba estar allí cuando no había nadie. En realidad, no debía quejarse, no tenía mucho trabajo y hasta ahora todo había sido bastante sencillo. Solo que hoy le sorprendió encontrar las luces encendidas y sintió un fuerte olor a cebolla cruda, que odiaba.

Ah... no en balde, murmuró. Junto a la puerta de la oficina estaba parado Misha, el guardaespaldas de Oleg Titov.

—*Privyeht* (hola).

Escuchó el saludo en la estridente voz de Oleg, que estaba sentado frente al escritorio comiendo. En seguida que vio a Yoramis hizo un gesto con la mano para que se acercara.

—Dentro de una hora tendré una reunión aquí, así que vete. No te necesito hasta las tres de la tarde —le dijo sin dejar de masticar. Luego, se secó la boca con el dorso de la mano y bebió de un vaso con vodka. Enroscado a sus pies, estaba un enorme perro llamado Tovarich, su fiel guardián, un precioso husky siberiano que gruñó y se paró en plan de ataque cuando vio a Yoramis—.Ya, ya te puedes ir —le dijo Titov con tono cortante y gesto despreciativo.

Viaje de ida

—*Dosvidanja"* (adiós).

Le contestó Yoramis. Esa era una de las pocas palabras en ruso que aún recordaba. Al salir, se cruzó con tres hombres que recién llegaban. Ellos se reunían frecuentemente con Titov. Nunca miraban de frente y siempre parecían estar disgustados. Curioso, Yoramis se hizo el que buscaba algo en el taller para ver qué estaba pasando y los vio entrar en la oficina.

Qué horror, estos rusos se saludan y se dan besos en cada cachete, que asco, pensó. Y con la peste a comida rancia y churre que tiene Oleg... *Mucho caviar, vodka, sombrero y abrigo de piel, pero poca agua y jabón. Yo no sé, allá Iirina, que es la que se lo tiene que tirar.* Y sin esperar más, se fue...

Por el camino hacia la estación del *subway*, Yoramis se cruzó con Raudel.

—Oye, asere, Oleg me dio la mañana libre, pero tú ten cuidado, llegaron esos tres rusos que saludan dando besos y conmigo esa no va, *bro*... —le contó.

Raudel se rió y alejándose le dijo:

—*Dosvidanja*...
—No jodas —le contestó Yoramis.

No eran ni siquiera las nueve de la mañana. A Yoramis le daba tiempo para irse lejos de Oleg, del taller y de Brooklyn. Sin pensarlo mucho, se dirigió hacia Washington Heights, un barrio básicamente dominicano donde también hay puertorriqueños y uno que otro cubano.

Esto es maravilloso, pensó al llegar. *Todo el mundo me habla en español.*

Caminó por Broadway, fue a las tiendas y cuando sintió hambre entró en una cafetería llamada, "Elsa, la Reina de los Tostones". Estaba en la gloria. Comió un plato de mofongo y bebió dos cervezas. *¡Ah... estoy feliz!*, pensó. Después, entabló conversación con dos jóvenes dominicanos que estaban en otra mesa con quienes jugó billar, y a la salida se detuvo en el estanquillo de periódicos que estaba junto a la acera donde compró un ejemplar de una publicación local.

Ay, ya es hora de regresar... Yoramis miró el reloj con disgusto. Como el camino era tan largo, una vez en el tren se puso a leer los anuncios clasificados. *Qué casualidad, están buscando un chofer para una guagua en Union City... Se lo voy a decir a Raudel, porque a mí no me acaba de gustar vivir en Brooklyn.* Y guardó la página de los anuncios en el bolsillo sin dejar de mirar a su alrededor. *Qué cantidad de gente fea... Allá en Caimito no son así...* murmuró.

Al regresar al taller, Yoramis notó que se había generado gran actividad durante su ausencia, lo que no le gustó. Misha seguía parado firme custodiando la oficina. Los tres rusos

Viaje de ida

entraban y salían a la calle en un constante ir y venir. Habían traído con ellos dos automóviles negros de esos inmensos con las ventanas también teñidas de negro. A cada rato se detenían y hablaban en voz baja por los teléfonos celulares, se veían muy nerviosos y agitados... *Uy, que irán a hacer estos tipos*, pensó Yoramis. Raudel estaba en la oficina con Oleg y le hizo señas que se acercara.

—Oye cubanito —le dijo Oleg con tono socarrón—. Te vas a ocupar de preparar esos dos automóviles. Mira bien que tengan gasolina, aceite, que todo funcione. Sobre todo los motores. Tú eres responsable de esa parte de la operación. Esta noche los muchachos tienen un trabajo muy importante y nada puede fallar... ¿Entiendes, bien? —y lo miró fijamente.

A Yoramis eso de llamarle cubanito le cayó mal. *Que se ha creído este ruso de mierda*. Afortunadamente, no lo dijo en alta voz, aún no estaba tan loco y se limitó a contestar fría y lacónicamente:

—Muy bien.

Yoramis siempre ha funcionado por instinto y en ese momento este le indicaba que se dejara de guaperías. Se aconsejó y llevó los autos a la gasolinera, llenó los tanques, chequeó el aceite, el aire de las llantas. Cuando terminó, regresó al taller. Solo que seguía molesto, algo muy peligroso en él. Rezongando, se dedicó a ajustar y zafar los cables del motor de uno de los carros, que hasta ese momento funcionaba perfectamente bien, colocándolos de nuevo sin saber qué cable iba a dónde y ni por qué. Pero le gustaba que lo vieran ocupado para que pensaran que era un tipo importante. Fue entonces cuando Oleg lo llamó.

—Cubanito, ven acá...—Yoramis se acercó con disgusto.
—Vete ahora mismo a la farmacia de los hermanos Malikov —le dijo Oleg—: Ellos son Néstor y Antón. Están a dos cuadras de aquí. La farmacia se llama Apteka Malikov. Allí te van a dar un sobre con pastillas de Viagra, yo les dije que eran para ti, que las necesitabas con urgencia... No te importa, ¿no? —y se rió a carcajadas, lo que a Yoramis le molestó más aún.

Era obvio que a Oleg le gustaba humillar a Yoramis. Y no se detuvo, siguió:

—Me traes el sobre y lo dejas sobre la mesa. Te van a poner otras pastillas, que no tienes que saber para qué son. Yo voy a resolver un asunto urgente y regreso tarde. Te dejaré a Tovarich. Dale de comer, ponle agua y no te olvides de sacarlo.

Tovarich levantó la cabeza cuando oyó su nombre, miró a Oleg y movió la cola... Luego le mostró los dientes a Yoramis y gruñó.

Eran cerca de las seis de la tarde... Yoramis y Raudel estaban sentados en la oficina de Oleg, esperando instrucciones.

Viaje de ida

No había más nadie, los tres rusos habían salido en uno de los carros y allí solo quedaba el perro.

—Acaba de darle la jama, que tiene hambre —dijo Raudel que estaba nervioso sin saber por qué, pero se imaginaba que algo importante estaba sucediendo.

—Le tengo miedo, no has visto como me gruñe... —comentó Yoramis mirando al perro—. Me quiere morder.

—El que te va a morder es Oleg si no haces lo que te dijo y no le das la comida a Tovarich. Hazlo antes que regrese. Yo sé lo que te digo —le aconsejó Raudel—. Por cierto, ¿recogiste las viagras? —preguntó.

—Sí, sí aquí están —Yoramis sacó un sobre del bolsillo de la camisa y se lo mostró. Solo que sin darse cuenta lo viró al revés y las pastillas se deslizaron y cayeron sobre la mesa....

Distraído, guardó el sobre vacío en el bolsillo y fue a buscar la comida del perro. Cuando regresó con el plato en la mano, vio a Tovarich parado en dos patas pasándole la lengua a la mesa y masticando.

—¡Raudel, Raudel...! —gritó espantado—. El perro se comió las viagras...

—¡Imbécil, imbécil...! ¡Eres un perfecto imbécil! ¿Cómo fue...? —gritaba Raudel.

—No sé, no sé —decía angustiado Yoramis...

—Y ahora... qué hacemos... —dijo Raudel.

La respuesta la dio el propio perro, que empezó a aullar, aullar... y aullar.... Cada vez el sonido se hacía más y más penetrante... Casi inmediatamente, con una furia descomunal, se lanzó contra Raudel y le prendió la pierna contorsionando el enorme cuerpo. Estaba convulso, jadeante. De vez en cuando ladraba y aullaba en agudo lamento.

—Coño, quítamelo de arriba... que se ha creído este perro... —gritaba Raudel—. *¡¡Help... help!* —pero el perro no lo dejaba, demostrando mayor furia a cada momento.

Inesperadamente, Tovarich soltó a Raudel y le fue arriba a Yoramis. Iba babeando, la boca abierta, llena de saliva, los ojos brillantes. Con fuerza, saltó sobre él poniéndole las patas sobre los hombros haciéndole tambalear. Yoramis, más muerto que vivo, gritaba...

—¡Auxilio, auxilio! ¡Qué me mata...! Me va a tumbar... Ay... Ay... —y cayó al piso con el perro gruñéndole arriba mordiéndole un brazo.

Afortunadamente, Raudel había logrado alejarse, dejando abierta la puerta de la oficina y se refugió en el carro que estaba estacionado dentro del contiguo taller. Yoramis con mucho trabajo pudo levantarse, zafándose de Tovarich, quien al ver la puerta abierta corrió desenfrenadamente hacia la calle por donde en ese momento pasaba un hombre caminando a Olga, una diminuta chihuahua a la que todas las tardes paseaba disfrazada de aldeana rusa.

Al ver que Tovarich iba hacia ellos, el hombre agarró a la pobre perra, que temblaba como una hoja de papel, y corrió, corrió, soltándolo todo y dejando como rastro el delantal, las cintas y los lazos que llevaba Olga en las orejas. *Dermo,*

Viaje de ida

dermo... (mierda, mierda), repetía. Finalmente, sin dejar de gritar, logró subirse en una mesa que tenía en exhibición la fábrica de muebles contigua al taller.

Mientras esto sucedía, Yoramis aprovechó para también entrar en el auto, cerrando la puerta.

—¿Y ahora qué hacemos? —le preguntó a Raudel.
—No seas idiota, tenemos que agarrar al perro. Oleg nos mata si le pasa algo. Te lo digo en serio —Yoramis temblaba de miedo.

Los dos amigos miraron hacia afuera sin atreverse a salir del auto... Tovarich había desaparecido.
—Oleg adora a ese perro, si se pierde, corre y escóndete, te lo juro —dijo Raudel.

Nerviosos, arrancaron el motor y comenzaron a dar vueltas y vueltas buscando a Tovarich. Era frustrante. Finalmente, al cabo de una hora, lo vieron a unas cuadras del taller. Se veía calmado y estaba acostado sobre la acera, exhausto.

—Agárralo, Raudel —le dijo Yoramis.
—¿Yo? No, lo agarras tú, que estás encargado de él.
—Es muy grande...
—Está bien, vamos los dos... —concluyó Raudel.

Sorpresivamente, al ver el carro Tovarich mansamente se acercó. Le abrieron la puerta y entró, acostándose sobre uno de los asientos. Yoramis respiró con alivio.

—Bueno, vamos...

No había pasado ni un minuto cuando ambos amigos vieron a dos carros patrulleros cruzando la calle a toda velocidad. Traían las luces encendidas y venían tocando las sirenas incesantemente. El ruido era ensordecedor. Poco después pasaron dos patrullas más en la misma dirección.

—¿Qué rayos será? —dijo Raudel.

Al acercarse al taller, vieron horrorizados a más de siete autos patrulleros cercando la entrada y un enjambre de agentes federales, vistiendo chaquetas con las letras FBI en la espalda, que se bajaban de dos camionetas portando armas automáticas.

—Ahora sí que se jodió esto —dijo Yoramis—. Dale pá atrás antes que nos vean.

En ese mismo instante sonó el teléfono. Era Iirina. Raudel se limitó a escuchar y pálido, apagó el celular. Luego, mirando a Yoramis, le dijo:

—Agarraron a los tres rusos robando un banco... Están presos. Todo había marchado perfectamente bien, pero el carro que los esperaba no arrancó y no se pudieron dar a la fuga. Ahora Oleg está escondido en La Balalaika y dice que nos va a matar...

Viaje de ida

Durante unos minutos reinó el silencio. Tanto Yoramis como Raudel sabían perfectamente la seriedad de la situación en la que estaban metidos.

Raudel fue el primero en hablar:

—¿Y ahora qué hacemos...?

Quizás debido a su natural inconsciencia o porque algo lo alumbró, Yoramis mantuvo la sangre fría.

—Vámonos de aquí. Despacio, sin hacer aspavientos...

Así lo hicieron. Poco a poco, se alejaron y estacionaron el auto frente a la playa.

—Vamos al apartamento a coger nuestras cosas, no nos podemos quedar ahí. Ni usar este carro más —dijo Raudel—. Busca en la guantera. Oleg siempre lleva buen bille escondido para emergencias.

Raudel tenía razón. Yoramis buscó y entre los papeles de registro, garantía del auto, etc... había un sobre con $20,000.00 dólares.

—¡Bingo! —dijo. Yoramis miró hacia atrás—. ¿Y el perro?
—Se queda en la casa. Irina sabrá qué hacer con él. No podemos esperar. Tenemos pocas horas para movernos sin peligro...
—¿Hasta que la policía nos encuentre? —preguntó Yoramis asustado.

—No, peor que eso. Hasta que Oleg nos encuentre, pero hay tiempo. Primero él tiene que resolver su problema y créeme, lo va a resolver...

Muertos de miedo, ambos amigos llegaron al apartamento. Abrieron la puerta lentamente. Todo estaba en calma, ni la policía ni Oleg habían ido a buscarlos, pero no tardarían. Nerviosos, temblándole las manos, se apuraron en agarrar pasaportes, alguna ropa, efectos personales, dejaron a Tovarich y partieron.

—Vamos a parquear el auto aquí, déjalo abierto, ojalá se lo roben y nos vamos caminando al *subway* —dijo Raudel.

Y así lo hicieron. Una hora más tarde, ya más tranquilos, llegaron a Times Square en el corazón de Manhattan. Poco después, ya sentados tomándose un café, analizaron la situación.

—Tenemos que irnos. En Nueva York, más tarde o más temprano nos van a encontrar, tú no conoces bien a este elemento. Esta gente es vengativa y no se le escapa nadie, esto se va a poner muy feo —dijo Raudel sombrío.

Yoramis asintió. Nervioso, metió la mano en el bolsillo de la chaqueta para asegurarse que el dinero estaba ahí y se tropezó con el recorte de periódico que había guardado esa misma mañana con la oferta de trabajo en Nueva Jersey y se lo mostró a Raudel.

Viaje de ida

—No sé, Yoramis, si quieres vamos a verlo mañana, ahora ya es muy tarde —le explicó Raudel con lástima.

—Yo sé, yo sé...

A Yoramis se le hizo un nudo en la garganta, quería llorar.

—Mira —le dijo Raudel—. Tenemos que dormir. Si vamos a un hotel, seguro nos agarra el FBI. Mejor nos metemos en la YMCA que está aquí mismo, en la calle 42. Mañana tomamos un ómnibus en el Port Authority, que está casi al frente y nos vamos a Union City. Hay que desaparecer.

Línea de ómnibus La Flecha

Villo llegó temprano en la mañana al consultorio del doctor. Infiesta, que ya lo estaba esperando.

—Lo encuentro bien. Pero tiene la presión un poco alta y según los análisis el colesterol también… Lo voy a poner a dieta, poca sal, poca grasa, ejercicios, camine, camine… Y lo más importante, descanse, que lo veo muy tenso.

Villo tenía mucha confianza con el doctor Infiesta y le explicó cuál era el problema que lo venía atormentando.

—Compré un ómnibus para hacer viajes y excursiones. Ese que tengo parado al frente… Pero Meche no quiere que me meta en más negocios y no me gusta irle a la contra. Por otra parte, estaba muy entusiasmado con la idea, y eso me tiene disgustado.
—Mire Villo —le dijo el doctor, siga el consejo de su mujer… deje eso, venda la dichosa guagua y váyase de vacaciones a la Florida. Usted ha trabajado duro y ha hecho buen dinero, aproveche ahora que los hijos están grandes y encaminados, le va a hacer bien… Cómprese un condominio en la playa, aquí en Jersey todo el que puede lo hace.
—Creo que tiene razón… —comenzó a decir Villo. En ese instante, sonó el teléfono celular. Lo llamaban de la bodega. Había dos hombres esperándolo. Venían porque habían leído

Viaje de ida

el anuncio del periódico sobre un trabajo de chofer y un asistente.

—Doctor —le dijo sonriente—. Creo que me acaba de llegar la solución y Villo fue a conocer a los dos individuos que lo esperaban ansiosamente.

Cuando Villo llegó a la bodega y vio a Raudel y Yoramis, les tomó lástima. Sobre todo al más joven. Estaba pálido y ojeroso. Era alto, más bien delgado, tenía el pelo oscuro y tez clara. Las facciones eran agradables, solo que ahora se veía asustado. Tenía el miedo reflejado en la cara. *A este le pasa algo raro*, pensó.

Una vez que intercambiaron saludos, Yoramis y Raudel le explicaron que habían visto el anuncio buscando choferes y que tenían larga experiencia en el giro.

—Me interesa el trabajo —dijo Yoramis que era el que se veía más tenso y más interesado en el trabajo de los dos.

En realidad, Villo no les creyó ni una palabra de la historia que le hicieron. No era tonto y las explicaciones no cuadraban... que si habían llegado de Cuba, que tenían un familiar enfermo en Miami... Aquello no tenía sentido, pero les siguió la corriente. Él, por su parte, estaba tan ansioso por resolver el problema del dichoso ómnibus que los invitó a sentarse para conversar y ver si valía la pena negociar con ellos. Además, no tenían tipo de delincuentes, sino que parecían un par de tontos infelices.

—Mira, mijo, ¿Yoramis, ese es tu nombre, no?

Yoramis asintió. Villo continuó.

—Cambié de planes desde que puse ese anuncio en el periódico. Yo quiero vender la guagua, no me costó cara, si te interesa te la vendo y te doy facilidades. Qué te parece, ¿tienes algún dinero...?
—¿Cuánto quiere?

A Yoramis la voz le temblaba.

—Mira, me caes bien. La verdad, me costó $20,000, pero me puedes dar una parte... y el resto me lo pagas poco a poco. No le voy a ganar nada.
—Señor, yo no me quiero comprometer con una deuda... no pienso quedarme por aquí mucho más tiempo. Yo me quiero ir para Miami. Yo... yo... me quiero ir a cualquier parte —le confió Yoramis hablando en un tono que denotaba desesperación.

Raudel lo interrumpió, temeroso que Yoramis fuera a hablar lo que no debía.

—Pero sí estamos dispuestos a operar la guagua, dar viajes...Tenemos años de experiencia.

Yoramis se repuso y añadió...

—Y nos gusta esa idea de llevar pasajeros... Podemos pagarle la mitad del precio de la guagua en efectivo. El resto, usted cobra por los pasajes y se queda con el dinero. Hasta que le paguemos el total. ¿Le parece?

Viaje de ida

Villo los miró pensativo. Al cabo de unos minutos, que a Yoramis le parecieron eternos, les dijo:

—Lo voy a consultar con la jefa... que es mi mujer —y se rió—. De momento, la guagua está en una nave que uso de almacén al fondo del edificio. Si no tienen a donde ir, se pueden quedar esta noche, allí hay un cuarto con baño. Creo que tiene camas, si no se las consigo. Ahora vayan al mostrador del café en la bodega para que coman algo y descansen. Los veo cansados. Yo los invito.
—Gracias, gracias...

Y Yoramis se contuvo, aunque le faltó poco para echarse a llorar.

Villo tenía por costumbre consultarlo todo con su mujer. Llevaba 32 años de matrimonio y tenían cuatro hijos. Las dos hijas mayores estaban casadas, los varones, una pareja de gemelos, se encontraban estudiando su último año en la universidad. Tenían una familia ejemplar. Entre él y su mujer había una confianza absoluta. Además, admiraba el sentido común de su esposa y su habilidad de analizar situaciones difíciles. Por eso, al dejar a Yoramis y Raudel en la bodega, no quiso esperar hasta que llegara la tarde y se fue a su casa para hablar con Meche. Tenían algo los dos individuos que habían llegado que lo inquietaba.

Meche lo escuchó sin pronunciar palabra. Por una parte, no le gustaba que Villo hiciera negocios con extraños, pero ella estaba tan ansiosa de salirse del dichoso ómnibus que consideró la idea.

En mala hora se le ocurrió a Villo comprar ese tareco, con casi 65 años no es el momento de correr una nueva aventura... lo conozco muy bien, pensó.

—Sabes Villo —le dijo Meche pensativa—. Dales una oportunidad, así te sales de este dolor de cabeza. Véndeles la guagua, y si se pierde dinero, qué se va hacer... Ahora, eso sí, que te digan la verdad. Esa es mi única condición. Entonces, ya veremos. Ojalá los puedas ayudar. Nunca se debe juzgar a nadie sin conocer todos los detalles.

Yoramis y Raudel no sabían que recién habían adquirido a su mejor defensora.

A la mañana siguiente, ya de regreso en la bodega, Villo manipuló la situación para sentarse a hablar a solas con Yoramis. Le había caído bien aquel muchacho y quería escucharlo sin que Raudel interfiriera en la conversación.

No costó trabajo, Felipe el santero distrajo a Raudel diciéndole que viniera a consultarse, de gratis, que sentía que lo necesitaba. Como era de esperar, Raudel corrió para que le dijeran cuál era su problema y qué le deparaba el futuro.

La conversación de Villo con Yoramis comenzó con grandes titubeos. Yoramis estaba aferrado a la historia inicial que tenía preparada. Pero al cabo de un rato, cedió y le contó a Villo toda la verdad... Le hizo la historia de su vida, desde sus días de niño, allá en Caimito y su decisión de salir de Cuba, hasta el día de ayer, cuando se tuvo que ir de Nueva York porque la mafia rusa lo anda buscando.

Viaje de ida

—Te has buscado al peor enemigo que hay. Esa gente es sanguinaria. No te quiero asustar, pero tú corres peligro, así como todo el mundo que te rodea, Yoramis, así no te puedo dar trabajo.

Yoramis palideció e inmediatamente, Villo, al darse cuenta, trató de consolarlo.

—Pero te felicito por decirme la verdad. No eres mala persona. Mi mujer me pidió que te diera una oportunidad y no te voy a tirar a los leones...Tampoco te quiero cerca de mi familia. Así que mira lo que vamos hacer —dijo Villo lentamente, pensando muy bien las palabras—: Te voy a dar una mano para que puedas irte. Llévate la guagua y págame ahora lo que puedas. Organiza un viaje de ida a Miami, los pasajes los cobro yo... Y no vuelvas más por aquí.

—Señor Villo... yo... le comenzó a decir Yoramis —pero Villo lo interrumpió.

—Espera, que no he terminado. De momento, mientras menos gente te vea, mejor. No puedes andar suelto por ahí. Tampoco tu amigo, que dejó atrás a una mujer que está conectada con el ruso... Cuando llegues a Miami tienes que pensar muy seriamente lo que vas a hacer con tu vida, te lo digo en serio.

—Gracias, gracias, señor Villo. Nunca conocí a nadie como usted.

—Olvídate de eso... Arregla la dichosa guagua como a ti te parezca. Aquí tienes el almacén. Yo pondré anuncios y buscaré los pasajeros.

Yoramis no salía de su asombro.

—Es que no sé qué decirle...
—No tienes que decir nada. Ahora voy hablar con Raudel. Entiende esto bien, él no puede llamar ni ver a la rusa esa con la que vivía porque corre el riesgo de que lo traicione. De todos modos, seguro que a ella la van a vigilar para llegar a ustedes. Si los encuentran, todos aquí corremos peligro. Tienen que irse rápido. ¿Entendido? En menos de una semana los quiero fuera —le dijo Villo con determinación.
—Sí... sí... sí... —repetía Yoramis notablemente nervioso.
—Bien, primero, necesitan comprar dos teléfonos celulares nuevos. Los que tienes no los pueden usar más destrúyanlos —continuó Villo que veía todos los programas de investigaciones criminales de la televisión—. Ahora vete a buscar a tu amigo, que tengo que hablar muy seriamente con él.

Raudel no tardó en aparecer, olía a Agua Florida, Loción de Pompeya y Rompe Saragüey, una mezcla de colonias baratas y yerbas que usaba Felipe el santero para hacer limpiezas. Villo no tardó en explicarle cual era la solución que les ofrecía y sus condiciones, a lo que Raudel asintió y aceptó sin siquiera pestañar.

—Bien, ahora que estamos de acuerdo. Estudien bien el ómnibus y vean qué necesitan para ponerlo en condiciones. Recuerden que van a dar un viaje largo con gran número de pasajeros y ustedes son los únicos responsables. Al salir por esa puerta se cortó el cordón umbilical. Piensen en todo ahora que tienen ayuda —les dijo Villo como si le estuviera hablando a niños de escuela.

Viaje de ida

Tanto Yoramis como Raudel miraban a Villo en silencio. Como dos muñecos de cuerda se limitaban a asentir con la cabeza.

—Por cierto Yoramis —le dijo Villo para aliviar la tensión—. Ya han pensado como le van a poner a la nueva línea de ómnibus, hay que pintarle el nombre, inscribirla y decorarla —les advirtió Villo, esta vez sonriente.

—Señor Villo, yo lo soñé una vez... Yo sueño mucho... le voy a poner «La Flecha» —le contestó Yoramis.

Cuando Villo se quedó solo en su oficina, marcó un número en el teléfono que tenía sobre el buró. Estaba llamando a alguien con quien hacía tiempo no hablaba. William "Skip" Morgan había sido su compañero de cuarto en los días que él estudiaba en la universidad y trabajaba repartiendo pizzas para los Pignatari. Años después, fue su *"best man"* cuando se casó con Meche. Ahora, Skip era el jefe de una división del FBI en Nueva York.

—*Skip... This is Vince. How are you doing...?*[2]

Villo sonrió y después de los saludos de rigor y las consabidas anécdotas familiares entre dos viejos amigos que no se ven a menudo, le contó la historia que Yoramis le acababa de hacer...

---

[2] N. del A. Skip, te habla Vince, ¿Cómo estás?

—*Listen, this is a nice kid. I'm sorry for him, but I'm also worried. I think he's in danger...*[3] —le dijo y escuchó con atención las palabras de su amigo:

"I'm so glad you called me. We're after that guy, Titov. I'm sending a couple of undercover agents your way. You will not even see them. I'm doing it because I don't want to take chances with you and your family... Please don't worry, You will be protected. Let me know when these guys are ready to leave on that road trip... They are going to lead us to that son of a bitch Titov, because Vince, he will find them..."[4].

Villo quedó pensativo después de su conversación con Skip Morgan, pero no se arrepintió de haberlo hecho. Por el propio bien de Yoramis, que le había caído simpático. *Se ve tan perdido,* pensó. Normalmente, él estaría hablando todo esto con Meche, pero no la quería preocupar... En fin, lo único que podía hacer era ayudar a Yoramis para que se fueran lo antes posible. *Y que sea lo que Dios quiera...*

---

[3] N. del A. Escucha, este es un buen muchacho. Me da pena, me tiene preocupado. Creo que está en peligro.

[4] N. del A. Me alegro que me hayas llamado. Estamos detrás de ese tipo, Titov. Estoy enviando a dos agentes encubiertos. No los vas a ver. Lo hago porque no quiero correr riesgos contigo ni con tu familia. No te preocupes, estarás protegido. Déjame saber cuándo los muchachos se van al viaje. Nos van a ayudar a capturar al sinvergüenza de Titov, porque Vince. Él los va a encontrar.

Viaje de ida

Y así fue que empezaron los preparativos. Villo llamó a Yoramis de nuevo a su oficina y le dijo que se pusieran a trabajar acomodando el *bus*.

—He estado estudiando las tarifas, y tienes que cobrar mucho menos que los demás —comentó—. Así que por este viaje de ida, se van a cobrar 60.00 dólares. Es un especial de promoción. ¿Te parece bien? —le preguntó.

—Por supuesto —contestó Yoramis que le decía que sí a todo.

—Tienen una semana, no más. Hoy mismo pondré los anuncios —le dijo Villo—.En el almacén vas a encontrar herramientas y hasta materiales de limpieza y construcción, lo que está ahí, lo puedes usar.

Sonriente y feliz Yoramis le dio las gracias y se fue a buscar a Raudel para lanzar… «La Flecha».

Segunda Parte

«El viaje»

Lista de Pasajeros

Villo no demoró en anunciar el viaje inaugural que daría «La Flecha Bus Line», Union City-Hialeah, saliendo de La Delicia, su bodega y centro de operaciones. El anuncio daba detalles de precio, horas de salida y de llegada, siendo publicado en periódicos locales, la Internet, y estaciones de radio en español, que llegan a los distintos barrios neoyorquinos. Las reservaciones se podían hacer personalmente o por teléfono.

—Qué casualidad, Don Villo, ya vino un americano, grande y fuerte a comprar un boleto —le dijo uno de los empleados de la bodega.
—¿Dio su nombre? —preguntó Villo con interés…
—Creo que se llama Tom… Me dijo que sabía de usted, que era amigo de Skip… solo eso —le explicó su empleado.

Villo asintió en silencio.

Mientras tanto, Yoramis y Raudel se encontraban en el almacén apuradísimos, tratando que todo estuviera listo para la fecha señalada.

—Oye, Yoramis, fíjate que el baño no tiene puertas, ni funciona el *toilette*. ¿Qué vamos hacer? —le preguntó Raudel, que estaba limpiando el interior del ómnibus.

Viaje de ida

—Déjame eso a mí, se me ocurrió una idea el otro día cuando vi todas las cosas que hay en el almacén... Lo de las puertas ya tiene solución, vas a ver lo bonito que va a quedar —explicó Yoramis, sonriente—. El señor Villo nos dio permiso para usar todo lo que hay ahí.

—¿Qué vas hacer, Yoramis? Me dan miedo tus ideas —y Raudel arrugó el entrecejo.

—¿Qué pasa *bro*, no confías en mí...? —contestó Yoramis con rapidez.

Raudel lacónicamente respondió:

—No —y siguió trabajando.

Al cabo de un rato, Yoramis salió del depósito que Villo tenía dentro del propio almacén. Traía consigo tres puertas de lo que fue un viejo closet al que le faltaban algunas de las despintadas persianas.

Perfecto, pensó. *Voy a colocar las puertas al fondo de la guagua donde está el inodoro para cerrar esa parte y dar privacidad. Es más, si quito un par de asientos de los de atrás habrá mucho más espacio y amplitud*, y sin decirle nada a Raudel, que había ido a buscar café, entró en la guagua. Además de las puertas, llevaba martillo, segueta, latas de pintura, brochas y un montón de herramientas, algunas eléctricas. Y sin decir palabra, se puso a inventar.

Aparentemente los anuncios que puso Villo habían comenzado a surtir efecto. Allá en Manhattan, en el piso 21 de un elegante edificio de apartamentos situado en la calle 62 entre las avenidas Lexington y Park, vivían las hermanas Nenita y Fefa Gómez de Peralta, a quienes la viudez había dejado extremadamente ricas. Ellas eran dos señoras cubanas cuya fascinación era la alta sociedad de Nueva York. Entrar en su casa era como dar un viaje al pasado. Ambas tenían alrededor de setenta años y adoraban verse rodeadas de antigüedades y objetos de arte. En realidad, allí casi no se podía dar un paso. Hacía poco que la otra hermana, mayor, había muerto. Ella gozaba de excelente salud, pero descuidadamente se enredó los tacones de los zapatos con una alfombra persa, tropezó, cayó, y le vino encima una pesada escultura de bronce que estaba sobre un pilar de mármol dándole en la cabeza. La pobre Cucú no sobrevivió.

—Nenita… Nenita, mira ven acá…

Llamó Fefa, que estaba vestida con un enorme caftán de raso color vino. Era de mañana y se encontraba acomodada en su sitio preferido, un butacón de orejas estilo inglés que tenía junto a una mesa vestida con un largo tapete de damasco bordeado de flecos. Encima de la mesa habían más de treinta marcos de plata con fotos familiares de todas las épocas imaginables. Por el enorme ventanal se divisaba la parte alta de Manhattan, incluyendo el Parque Central.

Viaje de ida

—Qué quieres, Fefa, estoy ocupada... —le contestó su hermana.
—Por favor Nenita, no me hagas hablar en alta voz de una habitación a otra, es una vulgaridad, hazme el favor de venir acá...

Airada, Nenita se acercó.

—Mira —le indicó, su hermana—. Están anunciando un viaje de ida en una nueva línea de ómnibus que va hasta Miami. Sale en una semana. Por qué no aprovechamos para llevar las cenizas de Cucú a Palm Beach... Ella aborrecía volar, tú lo sabes bien —dijo Fefa quitándose los espejuelos de leer con armadura de carey que siempre se ponía en la punta de la nariz. El tono de voz era notablemente afectado—. Cuando lleguemos invitamos a Cheché y a Vilma para almorzar en el Club de Polo y luego vamos a esparcir las cenizas allá por todo el terreno, ¿te parece?
—Sí claro, eso es lo que siempre nos decía Cucú —dijo algo sobrecogida Nenita—. Allí jugaba el pobre Remberto —comentó—: ¿Y de dónde sale ese *bus*...? del Athletic Club, acaso.

La más joven de las dos hermanas se notaba intrigada y quería más detalles.

—No, no... —dice que de una bodega en la Avenida Bergenline de Union City— le aclaró Fefa.
—De una bodega... ¡En Union City! Te has vuelto loca.

A Nenita aquello le sonó peor que la invitación a una larga temporada en el purgatorio.

—Nenita, es un lanzamiento especial, y no cuesta caro —le explicó Fefa—. Hemos tenido tantos gastos con lo de Cucú... y a mí tampoco me gusta volar, últimamente me está poniendo muy nerviosa. Además, ahora para montarse en un avión te registran y te tocan por todas partes... Y después, el servicio a bordo es horrendo. Antes la gente se vestía para viajar, ahora...

—Bueno, ok...ok... —Nenita, cortó la historia de Fefa y asintió—. La verdad es que ya está haciendo frío y podemos quedarnos unos meses en la Florida. Está bien. Haz tú los arreglos y me dices cuánto es para darte mi parte. Si vamos por varios meses hay que preparar el equipaje... Quiero llevar mi nuevo juego de maletas, el de Louis Vuitton, sabes.

Y Nenita, que era muy presumida, se alejó pensando en la ropa que tenía que llevar para pasar la temporada de invierno por el Sur.

Satisfecha por haberse salido con la suya, sin esperar para luego, Fefa Gómez de Peralta marcó el número de teléfono que salía en el anuncio y se apuró en hacer las reservaciones. Después, llamaría a todo el mundo que ella conocía, le encantaba restregarles en la cara a sus amigas la vida tan interesante que ella llevaba. Sobre todo a las que no estaban muy bien de posición.

—No les voy a decir lo de la guagua... Les diré que vamos en el Gulfstream privado de los Fromée.

Viaje de ida

Ese era un matrimonio imaginario, obscenamente rico, cuyo avión tampoco existía, pero las hermanas lo inventaron y le decían a todo el mundo que eran sus íntimos.... *Ay... Pepita se va a morir de la envidia*, y sonrió con malicia.

La maravilla del transporte público es la diversidad de sus pasajeros. Algo más al norte, allá por el Bronx, Toribio Peña, más conocido en el bajo mundo como El Pitirre, escuchaba la radio con atención.

—Coño, esto sí que está bueno, sesenta dólares para ir hasta Hialeah... Ahora sí que puedo llevarme a la Yaya y a Nadisia, con esas dos trabajando la calle *full time* tiro todo el invierno.

Y así fue que El Pitirre, chulo profesional, llamó a La Delicia, en Union City para reservar tres pasajes en «La Flecha Bus Line».

Algo más al norte, allá en el Convento de las Hermanas de la Piedad, una joven novicia tocó en la puerta de la oficina de la Madre Superiora. María Faustina Mercate, la Hermana Faustina, justamente, hoy, cumplía 21 años de edad y le había pedido una entrevista. Nerviosamente se dirigió a ella.

—Madre, lo he pensado mucho y quiero que sepa que para mí estos dos años aquí han sido una verdadera bendición de Dios. Encontré refugio, amor, compasión y paz espiritual...

La Madre Superiora la miró con cariño.

—Me alegro, hija —le dijo con dulzura—. Solo quiero que estés segura de lo que vas hacer. No va a ser fácil para ti... Has pensado qué sucede si no encuentras o no te dejan tener a tu hija.

La Madre Superiora estaba al tanto de todo por lo que la joven novicia había pasado durante los pasados años y mucho le preocupaba. Sentadas frente a frente en la sencilla oficina del convento, escuchaba atentamente lo que la Hermana Faustina le venía a decir.

—Madre, creo que Dios me ha dado la fuerza que no tuve antes, cuando llegué aquí. Mucho se lo debo a todas ustedes... —dijo la Hermana Faustina con emoción y lágrimas en los ojos—. Tendré que enfrentarme a mis padres, será duro. Solo que ahora ya puedo reclamar la herencia de mis abuelos porque soy mayor de edad y eso me permite mantenerme a mí y a mi hija... si la encuentro. Las circunstancias han cambiado mucho. Por favor, no dejen de rezar por mí.

La Madre Superiora le tomó ambas manos y la miró con bondad.

—Qué Dios te bendiga, hija, y no te olvides que las puertas siempre las tendrás abiertas, ojalá que puedas rehacer tu vida. Te lo mereces, y ten la seguridad que estarás presente en mis oraciones... Ahora me toca pedir por la linda Marifá —dijo recordando con cariño como la llamaban antes de entrar en el convento.

—Gracias madre.

Viaje de ida

La Hermana Faustina, llorosa, abrazó a la Madre Superiora.

—En una semana me voy, me dijo la secretaria de la Orden que me había comprado un pasaje para ir a Miami, y me dio dinero. Todavía no he entrado en posesión de mi herencia, así que salgo de Union City, es una línea de ómnibus económica que se llama «La Flecha» —y con esas palabras, se despidió de la Madre Superiora y partió.

A Augusto Chapelí le fascinaba escribir canciones, cantar, y era el alma de todas las fiestas. Tenía una melodiosa voz, era joven, alto, fuerte, simpático y sumamente guapo. Además venía de una familia rica. Este año, al graduarse de la Universidad de Columbia, decidió que su ambición no era ser abogado, sino cantante. Llevaba tiempo queriendo irse de Nueva York y le dijeron que en South Beach había grandes productores musicales. Fue entonces que escuchó un comercial en la radio: «sesenta dólares por un pasaje de ida a Miami...» *No tengo nada que perder*. Augusto ni lo pensó, buscó la mochila, agarró su guitarra y partió rumbo a Union City.

Mientras tanto, en Union City, cada día se sumaban más y más pasajeros para el viaje a Hialeah. Yoramis se mantenía entusiasmado con los preparativos, la actividad era algo peligroso en él. Queriendo hacer algo especial y diferente, agarró varias latas de pintura y las mezcló, dejándolo todo en manos de la casualidad. Como resultado, ahora la vieja guagua era de un azul medio morado con algunos destellos plateados. De vez en cuando se veía la pintura blanca que había debajo, pero nada importa cuando hay buena voluntad. En ambos costados —a todo lo largo—, Yoramis pintó una enorme flecha blanca. Desafortunadamente no le quedó recta. Tampoco del mismo grueso. Era ancha en algunas partes y más fina en otros y daba lo mismo si apuntaba hacia arriba que hacia abajo. Encima de la flecha, pintó un letrero que decía en letras amarillas, literalmente: «*Línea de Onibus La Flecha - La Flecha Bos Lain*».

Exhausto y orgulloso de su labor, Yoramis fue a buscar a Raudel.

—Ya terminé: lo pinté todo, arreglé el *toilette* y el baño tiene puertas... Entra, entra para que lo veas, te va a gustar.
Raudel quedó estupefacto.
—¿Qué has hecho Yoramis?, pero es que no piensas... Después de todo lo que ha pasado, sigues igual. La guagua está horrorosa... La has visto bien... Mira ese color que le has puesto, y la flecha... las letras son disparejas... Pero es que estás medio ciego. Raudel no salía de su asombro.

Yoramis lo miró disgustado. Sin decir más palabras, Raudel continuó con su inspección, había quedado estupefacto.

—No lo puedo creer, Yoramis. Ahora has puesto las puertas de un closet en la guagua, y para cerrarlas hay que amarrarlas con una soga, en qué mundo vives... Qué vamos hacer, nos

Viaje de ida

vamos mañana. Y con el *toilette*, qué hiciste, explícame —Raudel se había puesto furioso.

Yoramis lo miró confundido.

—No sé por qué te pones así. Las puertas están bien. Cierran y no se ve ná pá dentro. Y dejé mucho espacio porque Felipe me lo pidió, va a poner algunas cosas ahí... resguardos y no sé qué... Y todo eso cabe ahora que hay más amplitud, porque quité cuatro asientos allá atrás —dijo Yoramis tratando de convencer a su amigo que lo escuchaba atónito. Y continuó—: Oye Raudel, acuérdate que allá en Cuba yo era conocido por arreglar cualquier cosa con lo que me dieran, me decían el mago, porque hacia maravillas, no era fácil, *bro*...

Raudel no salía de su asombro:

—Oye asere, escúchalo bien. No estás en Cuba, estás en la Yuma mi hermano. Vives en el pasado, no sigas pensando así y acaba de aceptar la realidad. A ver, por qué pintaste las puertas de rosado... No ves que los asientos y el interior son azules... Estás ciego, ¿no te das cuenta que esto es un negocio? Ubícate que vas a perder la jama.

A Raudel, Yoramis le hacía perder la paciencia. Yoramis se encogió de hombros, hizo una mueca y miró a Raudel que seguía con el interrogatorio.

—Y qué hiciste con el *toilette* Yoramis. No podemos salir sin inodoro.

Yoramis no se apresuró en explicar.

—Coño viejo, estás peor que la Seguridad del Estado. Yo... yo... quité el tanque que había abajo porque estaba roto, cayéndose a pedazos, y dejé un hueco para que todo salga por ahí.... Es mejor, así se evitan los olores...

Raudel palideció, pero no tuvo tiempo a contestar, en ese momento Villo entró al almacén, venía sonriente.

—Espero que esté todo listo, porque ya tenemos cerca de 50 pasajeros.

Raudel no se atrevió a decir palabra. Tenían que irse, tal como estaba el ómnibus.

—Ah, aprovechen ahora que es temprano y vayan a comprarse uniformes —les dijo Villo—. Se nos había olvidado y es importante que tengan buena presencia... Pregúntele a los muchachos en la bodega, ellos le dirán donde los pueden conseguir baratos.

Hasta ese momento Villo no se había fijado en el ómnibus. Cuando lo hizo, no pudo evitar reírse a carcajadas.

—¿Azul, o morada? Ay, si Meche y mis hijos la ven —y se reía más—. Bueno, no se pasen del límite de velocidad porque esto va a llamar la atención por toda la carretera —y se echó a reír de nuevo—. Está peor que antes, ja, ja ja. Me encanta el letrero... muy original —y seguía riéndose.

Viaje de ida

Raudel y Yoramis fingieron una sonrisa porque no se atrevían a pronunciar palabra.

—Bueno, me voy, y no se olviden de los uniformes, ok... Ahora quiero ir a ver la lista de los pasajeros para asignar los asientos, y no se preocupen de esa parte, es mejor que me ocupe yo —y se fue.

Cuando Villo salió del almacén, contento se dirigió a su oficina. Estaba divertido como niño estrenando un juguete nuevo. *Yo sabía que esto iba a funcionar, que pena que Meche no me deje seguir con esta operación*, pensaba con satisfacción. *Se lo voy a decir...* Y se puso a leer la lista de los pasajeros a ver quiénes habían reservado para el viaje inicial de famosa «La Flecha Bos Lain» y asignarles los asientos.

Ah... que bien, decía a medida que iba leyendo, *los muchachos de la banda mariachi Los Jalapeños, son como cinco... hay que ponerlos juntos... A Paco el sordo también lo conozco, Candelario y Juana... qué raro, yo creía que se estaban divorciando... ¿Mariquita, en la misma guagua que Candelario...? Uy, eso va a explotar... Ella es de cuidado. También tenemos una familia con tres niños, quizás den problemas, y hay como siete personas que vienen de New York... Ay... Esto se está poniendo más interesante de lo que yo me imaginé. Qué pasará cuando toda esta gente se reúna en un viaje tan largo. Aquí todo puede suceder... Qué lástima que me lo voy a perder. Cómo me gustaría seguir con este negocio*, y Villo suspiró, mientras volvía a leer la lista.

Raudel y Yoramis, siguiendo las instrucciones que le dieron, llegaron a una tienda de ropa de segunda mano donde todo se consigue a muy buen precio. Allí se pusieron a buscar dos uniformes. La variedad no era grandiosa.

—Oye, aquí no hay donde probarse la ropa —se quejaba Yoramis.

Raudel lo miró con resignación.

—No, Yoramis, esto no es la Quinta Avenida, ¿qué tú quieres?
—No, pero mira, creo que este me irá bien.

Y Yoramis agarró un traje de raso rojo brillante que en algún momento usó el flautista de una banda escolar de música. La chaqueta tenía los puños dorados y la hilera de botones de metal relucía.

—Son solo siete dólares y me incluyen el sombrero —dijo mostrando con inmensa satisfacción un sombrero de alta copa que tenía una enorme pluma roja al frente.
—No puedes ir así, Yoramis —le dijo Raudel—: Mira, aquí te traje este uniforme que era de un piloto de una línea aérea que ya no existe... Deja ese traje de músico, que no te va, por favor.

Protestando en voz baja, Yoramis accedió y se quedó con la camisa blanca, pantalón azul marino, gorra y chaqueta de capitán.

Viaje de ida

Raudel no le dijo nada, simplemente lo observó y suspiró. Yoramis siempre había vivido en un mundo de fantasía. Él por su parte había conseguido un viejo traje de sargento del Ejército de Salvación, con gorra azul marino adornada con una banda color vino al frente.

—Pues mira, el mío es más sobrio, mucho más elegante —le dijo a Yoramis...

Finalmente ambos amigos pagaron y se fueron de regreso a la bodega, iban fascinados con tan buena compra.

De Union City a Hialeah

La Flecha lo llevará... en uno... dos... tres... cuatro... o sabe Dios cuantos días...

Finalmente llegó el día tan esperado. Villo había entrado al amanecer a la bodega, que se encontraba localizada en el corazón del barrio cubano de Union City. En esa misma cuadra de la popular avenida Bergenline estaba el *laundromat* Calle Zanja que operaban Chan y Chen, dos simpáticos chinos cubanos. Más allá, se podía ver el letrero lumínico de La Generosa, una joyería/casa de empeño, propiedad de Pepe el garrotero, y la casa de huéspedes de Carmela, que según todo el mundo no era más que un solar. Los Gallitos, el bar de enfrente, a esa hora estaba cerrado, pero Juan Guerra y Mongo Pérez, los dueños, habían decidido llegarse por ahí porque no querían perderse el *show* de la salida de *La Flecha Bos Lain*, que era la comidilla del barrio. Y por suerte, ese día en la funeraria de los hermanos Sosa, en la otra esquina, no había movimiento, por el momento el negocio estaba muerto.

Ahora Villo estaba parado en la acera. Era un día perfecto de otoño, ya había salido el sol, el cielo se veía claro, azul, y no había tanto frío. Sin embargo, se sentía algo nervioso porque Meche le anunció que vendría con el Padre Luis.

Viaje de ida

Seguro que van a bendecir la guagua... ¡Qué problema! No me va a quedar más remedio que esconder a Felipe el santero, que me dijo venía con velas y un aceite de no sé qué rayos para hacer un despojo. Para relajarse, volvió a revisar la lista de pasajeros.

No habían pasado ni cinco minutos cuando Villo vio aparecer, doblando por la esquina a La Flecha que venía para pararse frente por frente de la bodega, donde a todo lo largo de la pared había un letrero enorme que decía en letras rojas: «Ómnibus La Flecha-Viajes a Hialeah». En aquel momento, se olvidó del Padre Luis y de Felipe, era como si hubiera recibido una inyección de adrenalina, estaba fascinado. *Esto es muy bueno para todos mis negocios, gran publicidad*, y sonrió.

La fascinación terminó rápidamente al ver a Yoramis bajarse del ómnibus vistiendo su traje de capitán.

—Pero muchacho, qué es eso, parece que vas a un baile de disfraz...

Villo no pudo evitar echarse a reír. Sobre todo al ver a Raudel que venía detrás, vestido con su traje azul marino del Ejército de Salvación, que en realidad tenía cierto aire de discreción.

Bueno, ya están listos para salir de aquí, pensó Villo a la vez que corrió a llamar a los empleados de la bodega para que escondieran a Felipe tan pronto llegara porque vio que se acercaba el carro con Meche y el Padre Luis.

Desde ese momento en adelante, todo sucedió con increíble rapidez. Meche, Villo y el Padre Luis se prepararon para la bendición de «La Flecha». Parados junto a ellos, casi en formación militar, estaban Yoramis y Raudel, muy serios.

—¿Dónde está el avión? —le gritaban los que pasaban en auto por la calle...

Fue en ese mismo instante que llegaron los primeros pasajeros. Se trataba de un matrimonio joven, residente de Union City. Traían a sus tres hijos varones de nueve, siete y cinco años. Hermelinda, la esposa, tenía seis meses de embarazo y ya se le notaban.

—Bienvenidos, suban, a «La Flecha» —le dijo Raudel cortésmente, para luego acomodarlos en sus asientos. Inmediatamente, les dio unas cajitas de cortesía, con pastelitos y croquetas

—Gracias, gracias —dijo la joven mamá. Y dirigiéndose a sus hijos les explicó—: A ver, niños, coman solo una croqueta y dejen el resto para después...

Poco a poco el ómnibus se había ido llenando... El primero en llegar fue Tom, un americano buen tipo, amigo de Skip, que era en realidad un agente encubierto del FBI. Luego vinieron los cinco miembros del mariachi «Los Jalapeños de Porfirio Reigosa», seguidos por Paco el sordo. Atrás venían Candelario y Juana, y la siempre provocativa «viuda alegre», Mariquita Viñas, a quien Juana miró recelosa. No se podía negar, en aquel momento reinaba una gran animación.

Viaje de ida

Minutos después, casi al mismo tiempo, llegaron María Faustina Mercate y Augusto Chapeli, a quienes Yoramis y Raudel sentaron en la misma fila, uno junto al otro. Luego, a bordo de un elegante *town car*, manejado por un chofer uniformado, que probablemente les costó más caro que el pasaje de «La Flecha», hicieron su aparición las hermanas Gómez de Peralta. Traían un lujoso equipaje de más de 10 piezas de Louis Vuitton. Pisándole los talones, apareció El Pitirre con sus dos acompañantes, que no podían negar su profesión.

—Mira, Piti —le dijo la que era conocida como Yaya, dirigiéndose a su promotor mientras con un dedo apuntaba hacia las maletas de Fefa y Nenita—: Esas dos si están en algo, y eso que son un par de viejas. Mira a ver si nos buscas clientes como los de ellas...

Y las Gómez de Peralta levantaron el mentón y la miraron de reojo con desprecio.

En ese mismo momento, junto a la puerta del ómnibus, el Padre Luis ya comenzaba la bendición. Él era un individuo sumamente social y le encantaba la oportunidad de realizar ceremonias públicas porque le daban la oportunidad de atraer nuevos fieles a la iglesia. Ahora, ya se había congregado un numeroso grupo de gente a su alrededor y estaba feliz. Desafortunadamente, justo en ese instante, Felipe el santero hizo su aparición, venía a pie, acercándose por la avenida. Vestía todo de blanco; pantalón suéter y camisa. Se veía jubiloso, portando un ramo de hierbas, flores, velas, pociones y una bolsa con remedios para asegurar un viaje libre de contratiempos.

Al llegar frente a la puerta de La Delicia, inesperadamente, alguien lo agarró por un brazo y lo entró a un lado.

—¿Qué pasa, Jacobo? —le dijo Felipe al empleado de la bodega que estaba siguiendo las instrucciones de Villo.
—Corre, corre... escóndete debajo de la guagua —le dijo—. Villo no quiere que la señora Meche y el cura te vean. Empieza a hacer tus cosas sin que nadie se dé cuenta —fue lo que se le ocurrió decir a Jacobo que se veía muy nervioso y agitado.

A Felipe no le gustó la solución.

—Si me meto debajo de la guagua se me ensucia la ropa, que es blanca, Jacobo —protestó.

Pero pensándolo bien, él no quería buscarse problemas con Meche, la mujer del jefe, y siguiendo la sugerencia que le dieron fue hasta el ómnibus, y se tiró al piso escondiéndose debajo de la parte trasera... *Me siento como el amante que cogen en el brinco*, pensó. Acto seguido, empezó a hacer el despojo con el mazo de flores, las lociones y las hierbas...

Por falta de oraciones, «La Flecha», no iba a quedar por el camino. Curiosamente, al mismo tiempo, el Padre Luis dirigía los rezos allá al frente pidiendo por un viaje seguro y feliz. En aquel momento, nadie se lo imaginaba, pero todas las oraciones iban a hacer mucha falta...

Viaje de ida

Mientras el Padre Luis rezaba y Felipe el santero rociaba la guagua con perfumes, yerbas y esencias, dentro del ómnibus se desarrollaba una situación que tendría repercusiones. Ya sentado junto a sus hermanos, Lalito, el hijo de Hermelinda y Rubén, que tenía nueve años, contrariamente a lo que dijo su madre, no solo se comió todas las croquetas que traía su cajita, sino también las de los demás. No pasó mucho rato cuando se quejó de un fuerte dolor de estómago y le preguntó a su madre que dónde estaba el baño...

—*Mom, where's the bathroom, I have to go... really bad...*[5]
—se quejó.
—Te dije que solo te comieras una croqueta... —le contestó Hermelinda molesta—. Mira, aprovecha y ve ahora, antes que empiece el viaje, es ahí al fondo —y le indicó las puertas rosadas, que le había identificado Raudel cuando llegaron. Y para allá, corriendo, fue Lalito...

Quien lo iba a decir. Justo debajo del hueco que había dejado Yoramis para drenar el *toilette,* acostado a todo lo largo, se encontraba Felipe, esperando que la ceremonia terminara para salir sin que lo vieran... No tuvo que esperar, cuando menos se lo imaginaba ¡Fuácata! Sintió que una sustancia pegajosa le había caído encima y se vio cubierto de...

—Ayyy... Ayyy... —gritaba—. Pero qué es esto... ¡Mierda! —y seguía gritando asqueado mientras se escurría para salir de su escondite: Sucio, apestoso y cubierto de

---

[5] N. del A. Mamá, ¿dónde está el baño? Estoy apurado... muy apurado.

excremento—: Ayy... Ayy...me han cagado... —dijo muy alto ya parado a en la acera.

Su indiscreta aparición, apestando y cubierto de heces de pies a cabeza, llamó poderosamente la atención del Padre Luis, de Meche y de todos los que se habían congregado junto al ómnibus, quienes interrumpieron sus oraciones y lo miraron espantados, a la vez que se tapaban la boca y la nariz. Ya en aquel momento, la ropa nueva de Felipe no era blanca, ahora estaba manchada y cubierta... de mierda.

—Qué horror, Villo, cómo es posible esto —le decía Meche indignada a su marido—: ¿Qué va a decir el Padre Luis de nosotros...?

El Padre Luis, por su parte, como todos los demás presentes, estaba algo confundido y no atinó a pronunciar palabra, cosa muy rara en él. Y continuó con sus oraciones. Ahora pidiéndole a Dios por el alma de Felipe.

Felipe, por su parte, no se acercó al grupo, sino que con el espanto reflejado en la cara, salió disparado en dirección opuesta, corriendo como una gacela por toda la avenida Bergenline rumbo a su apartamento. Por el camino, sin importarle el frío, iba quitándose el suéter y la camisa, que fue dejando regados por la calle, mientras seguía dando gritos para deleite de los vecinos que lo observaban desde el bar.

Viaje de ida

—Yo lo sabía —le gritaron de un carro que transitaba por la avenida donde el tráfico se comenzaba a congestionar—. *You are full of shit, man...* [6]

Ayyyy lo que me han hecho... Ayyyy, y así iba Felipe lamentándose por todo el camino, gritando a voz en cuello un variado repertorio de las más crudas obscenidades y maldiciones.

Tiempo al tiempo.... Quizás, era verdad, Felipe tenía poderes ocultos en su mente...

Pasado el shock de ver a Felipe cubierto de heces corriendo por toda la avenida, Meche y el Padre Luis decidieron que lo mejor era retirarse. Es difícil reponerse de una situación tan embarazosa y alejarse es la mejor opción.

—Yo sabía que algo así iba a pasar —le dijo ella, disgustadísima, a su marido. Había sido un momento bochornoso para los Valdieso—. Esta es una de esas cosas que uno quiere olvidar —le dijo Villo a su esposa, que no disimulaba su molestia.

Lógicamente, Villo le pidió excusas al Padre Luis, quien ya más repuesto del incidente, trató de subsanar la situación.

---

[6] N. del A. Oye... estás cubierto de mierda.

—Hijo, he visto cosas peores, no se angustie —y con la misma, comenzó a despedirse—: Adiós... adiós... No se preocupe, hijo... —decía mientras se alejaba, nuevamente acompañado por Meche, que no dejaba de quejarse.
—Qué horror... Estoy avergonzada... decía ella. Y así, finalmente, ambos se marcharon.

La ceremonia había sido un verdadero desastre. Villo, para olvidarse del fiasco, fijó su atención en el ómnibus, donde los pasajeros comenzaban a impacientarse. Era la hora fijada y «La Flecha» tenía que salir.

—No se pueden retrasar Yoramis, suban y váyanse ya —dijo Villo con impaciencia.

Raudel y Yoramis, sin chistar, obedecieron y abordaron el *bus*. Una vez instalados, Raudel anunció:

—Quítate, Yoramis, que yo voy a manejar —Yoramis no lo contradijo—. Asegúrate que todo el mundo está en sus asientos, no queremos dejar a nadie detrás ¿entiendes? —volvió a indicar Raudel, a quien el espectáculo de Felipe lo había dejado profundamente preocupado. *Esto va a seguir pasando por todo el camino y no sé cómo lo vamos a resolver*, pensó.
—Sigan por toda la avenida hasta el final. Donde termina Bergenline, doblen a la izquierda y verán las señales para el Turnpike... No tienen pérdida... Buen viaje a todos —les dijo Villo impaciente desde la acera. El trataba de mostrarse solícito, aunque se sentía algo triste al verlos partir—. Adiós, muchachos —y agitó la mano en señal de despedida.

Viaje de ida

Finalmente, «La Flecha», arrancó, iniciando su inaugural viaje de ida, rumbo a Hialeah. Mientras se alejaba, Villo quedó un rato parado hasta que los perdió de vista... Dio un suspiro de alivio, y pensó: *los voy a extrañar*... *Ojalá que todo les salga bien. Espero que ese ruso no vuelva a dar con Yoramis*..., dio la media vuelta y entró en la bodega para conversar con el doctor Infiesta. Además quería averiguar qué había pasado con el pobre Felipe.

Alejándose de Union City, allá, dentro del *bus*, Yoramis descubrió un micrófono y decidió hablarle a los pasajeros, estrenando con gran animación, un nuevo papel: guía de viaje.

—Señores pasajeros... —y se aclaró la voz—: ejem, ejem... Bienvenidos a *La Flecha Bos Lain*, Espero que estén cómodos, cualquier pregunta nos la pueden hacer a nosotros. Yo soy Yoramis —dijo y sonrió—.Estaremos llegando a Hialeah... bueno, no sé muy bien, creo que mañana. ¿No es así? —y se viró hacia Raudel que lo quería matar.
—Efectivamente, así es —rectifico—. Mañana, en algún momento, quizás por la mañana, o por la tarde, ¿no? —y miró de nuevo a Raudel que le abrió los ojos, mientras murmuraba entre dientes: *imbécil*—: Sí... sí... Mejor hacia el mediodía... —continuó y se volvió a reír. Obviamente estaba disfrutando del momento. Ya más inspirado, siguió—: Les deseo buena suerte... —y se detuvo—. Ay, no, no... Perdón, quise decir, buen viaje a todos, bueno y para mí también. Para todos. Claro, buena suerte porque no está de más. En una hora, o algo así, aunque no, creo que va a demorar mucho más, como dos horas, haremos una escala en

la Ciudad de Washington, donde nació el presidente... —Raudel, furioso, lo miró de nuevo—. ¿No? —Yoramis le quitó la vista y miró hacia los pasajeros—. Incierto, borrado. No nació ahí. No quise decir eso, olvídense del presidente, es mejor. Dije Washington, que es una ciudad como otra cualquiera... nada más —y cerró el micrófono.

Los pasajeros quedaron perplejos, y nadie osó decir palabra.

Conociéndonos

Rauda, «La Flecha» transitaba por la carretera alejándose ya del estado de Nueva Jersey, afortunadamente adentro reinaba paz y tranquilidad. Los niños de Hermelinda y Rubén se habían dormido y el resto de los pasajeros se empezaban a reponer de tan turbulenta salida y de las palabras de bienvenida de Yoramis. Hasta el momento, Raudel era quien manejaba y no había dado ningún motivo de queja. Tres filas atrás, Mariquita, conocida en Union City como «la viuda alegre», suspiró aliviada, *menos mal que esto se calmó*, pensó. Y con picardía, le guiñó un ojo a Candelario, un atractivo medio tiempo, quien del otro lado del pasillo se encontraba junto a su mujer, que distraída miraba hacia afuera por la ventanilla. Disimuladamente, Candelario volteó la cara y le tiró un beso a Mariquita, haciéndole señal de silencio. La viuda asintió… se besó un dedo y provocativamente lo sopló en su dirección. Se ajustó la falda levantándola sobre las rodillas y lo miró con fijeza. Candelario suspiró.

Al frente, Yoramis se había acomodado en el asiento del co piloto, y estudiaba con inusitada atención un mapa que mostraba la carretera por la que transitaban y traía datos informativos sobre los puntos de interés que atravesaban.

—Oye Raudel —le dijo. Raudel no lo miró.

—No me hables ahora que estoy manejando y tengo que cambiar de vía. En un par de millas vamos a cruzar el Delaware Memorial Bridge[7] y hay que pagar el toll —Yoramis no le dejó terminar de hablar—. Eso mismo te iba a decir. Pero no te preocupes. Que lo voy anunciar ahora mismo —y agarró el micrófono.

—Yoramis, por favor, no —le suplicó Raudel en voz baja, sin quitar la mirada del camino—. No hables más mierda, mira que todo está tranquilo.

Aquello era pedir demasiado. Yoramis había descubierto que le encantaba hablar ante el público y no iba a desperdiciar la oportunidad de ofrecer lo que en su opinión, era una valiosa información.

—¡Atención queridos pasajeros, todos, atención! —y tosió para aclararse la voz—: Dentro de poco, aunque no estoy muy seguro cuánto tiempo más, vamos a pasar por un puente de esos grandes, bien grande, uno de los que dicen que cuelgan, pero que no se caen —y se rió—: No, no, no se preocupen... ja, ja —de nuevo hizo una pausa y se aseguró que todo el mundo lo estuviera atendiendo.

Los pasajeros lo miraron con aprensión rayando en pánico.

—Yo estaba leyendo. Bueno, no, no lo leí, ya yo lo sabía... Que vamos a pasar por arriba del río Delaguare, que fue el

---

[7] N. del A. El Delaware Memorial Bridge es un Puente colgante que cruza el rio Delaware a través de la carretera interestatal 295, uniendo los estados de New Jersey y Delaware. El peaje es de $4.

Viaje de ida

mismo río que cruzó el presidente Washington, que entonces no era presidente, pero iba en un bote porque había una guerra. Bueno, no sé contra quien, eso pasó hace mucho tiempo. Yo también vine en bote, bueno, en balsa... Así que los dos somos balseros. Washington y yo —y se rió divertido—. Y por eso hicieron este puente para cruzar el río y no tener que cruzarlo en balsa. Lo van a ver. Bueno, van a ver el puente, no al presidente... porque él ya murió y ahora hay otro presidente, que está vivo. Si alguno de ustedes quiere saber algo más, me lo pueden preguntar. A mí... —y cerró el micrófono.

Los pasajeros quedaron estupefactos, muchos no entendieron lo que Yoramis había querido decir, aunque tampoco se apuraron en averiguarlo. Solo allá, en los asientos del fondo, dos jóvenes escondían la cara para reírse a carcajadas. Eran Augusto y Marifá. Hacía rato que él quería iniciar una conversación con la atractiva joven que tenía a su lado. Afortunadamente, la inusitada disertación de Yoramis le dio la excusa perfecta.

—¿Qué es lo que dice él? —dijo Augusto—: ¿De dónde ha salido este tipo —añadió sin poder contener la risa. Marifá lo secundó.
—Creo que nos quiere dar una lección de historia...

No paraban de reír logrando romper el hielo que separa a dos extraños que quieren llegar a conocerse mejor. Dicen, los que creen que todo está escrito, que cuando encontramos a la persona para la que estábamos destinados, todo cae en su lugar. Inclusive, la conversación se hace fácil, vuela, como si tuviera las alas de un ángel. Extraños ayer, hoy unidos como por arte de magia.

—¿Cómo es que te llamas...? —preguntó Augusto.
—¿Yo? María Faustina, pero me puedes llamar Marifá, así me dicen mis amigos. Aunque hace mucho tiempo que nadie me llama así... —le respondió la joven, sonriendo amistosa, aunque con cierta timidez.
—Por qué hace tiempo que nadie te llama así, Marifá... el nombre es precioso. Como tú.

Marifá sonrió y bajó la mirada, no estaba acostumbrada a flirteos ni piropos. En el convento casi ni se hablaba, salvo lo necesario. Y contrariamente a lo que le indicaba la razón, decidió decirle la verdad a este extraño que le había caído tan bien.

—Es que pasé más de dos años metida en un convento. Me iba hacer monja, pero me arrepentí —le confesó—: Es más. Eres la primera persona que lo sabe. Salvo la Madre Superiora, por supuesto.

Augusto quedó boquiabierto.

—Monja tú... pero si eres preciosa. Perdona, perdona... no te quiero ofender, ni pienses que me estoy extralimitando...

Marifá se sonrojó. No esperaba enfrentarse tan pronto ni tan de cerca al halago de un hombre. Pero le gustó y siguió la conversación. Por primera vez, le iba a contar su secreto personal a alguien que ni siquiera conocía.

Viaje de ida

—Tuve una hija a los 17 años, mi madre no lo tomó muy bien que digamos, mi padre, un hombre débil, hizo lo que ella indicó. Yo, después de dar a luz, lejos de todo el mundo, ingresé en el convento y la niña que tuve fue puesta en adopción. Ahora, regreso, porque heredé la fortuna de mis abuelos. Ya soy mayor de edad, rica y estoy dispuesta a buscar a mi hija. Esa es mi historia —y bajó la mirada para disimular que tenía los ojos llenos de lágrimas.

Augusto no sabía qué decir. Se sentía conmovido por aquella joven tan bella, delicada, de grandes ojos claros, pelo entre rubio y castaño que tenía un pasado del que había tenido que huir.

—Perdóname, no me imaginé... Creo que he sido sumamente indiscreto. No es mi costumbre, solo que como la casualidad nos ha juntado aquí.

Marifá lo miró y le contestó solo con una sonrisa que lo estremeció y Augusto sintió que algo le golpeaba en el estómago... *¿Qué es esto?*, pensó. *Recién he conocido a esta mujer...*

Ella se apuró en responder.

—No, no, yo sé, te lo conté, porque... No lo sé, me pareció que estaría bien, honestamente, no sé por qué lo hice, tampoco quiero abusar de las circunstancias de estar aquí, presos en un ómnibus y ponerme a hablar de mi vida privada, no hice bien, perdona.

—Mira... —le contestó Augusto con franqueza—. Tú lo has dicho. Estaremos aquí un día, quizás más, según nuestro guía de allá al frente. Vamos a empezar la conversación de nuevo. Aunque no me olvidaré de lo que me has dicho, que me ha conmovido. Es más, si te hace bien hablar, hazlo. Por mi parte, te diré: Yo soy Augusto Chapeli, me gradué de abogado en la Universidad de Columbia, no quise ejercer la carrera y voy para Miami porque quiero ser cantante. Mis padres están insultados conmigo porque les costé una fortuna. Tengo 26 años y hace un año mi ex novia me dejó porque ella quería casarse con un abogado, no con un artista. Y esa es mi historia —se encogió de hombros y sonrió.

Marifá de nuevo le contestó con otra gran sonrisa.

—No te preocupes, Augusto, por favor, que me ha hecho bien hablarte. Y ahora mira para fuera que vamos a pasar por encima del río Delaguare, el que cruzó George Washington en balsa... —y ambos se rieron a carcajadas.

La situación del otro lado del pasillo no era ni profunda ni romántica. Las hermanas Gómez de Peralta no estaban disfrutando el viaje. No les gustaban los pasajeros ni los discursos de Yoramis, y mucho menos la caótica salida de Union City.

—Te lo dije —le repetía Nenita a Fefa, que comenzaba a molestarse—. Te imaginas qué dirá Cucú —dijo mirando la bolsa donde iba la urna con las cenizas de su hermana.—: Mira para esto... —y le indicó a Fefa a las dos mujeres que

Viaje de ida

iban al frente—, ¿tú crees que debemos mezclarnos con este elemento?

Fefa no tuvo que contestar. Nadisia y Yaya iban sentadas justo en la fila de asientos delante de ellas y escucharon toda la conversación, lógicamente, se dieron por aludidas. En ese momento, Nadisia, que tenía muy malas pulgas, se puso de pie y con las manos en la cintura, se paró junto a Nenita que iba al lado del pasillo y en voz bien alta le dijo:

—A ver... cuál es tu problema conmigo, dímelo... Ya me estoy cansando de la misma conversación, nada más hablan de una retahíla de marcas famosas, aviones privados y personajes importantes... Que si vi a fulanita en el almuercito de ayer o me encontré con mengano en el coctelito de anoche. Qué par de mujeres más vacías... Así que basta ya y no nos insultes más que yo sí que te halo por los moños, y te arrancó esas greñas teñidas de rubio, ¿ok? Par de viejas de mierda, pasadas de moda, ridículas Lo que necesitan es un...
—Nadisia no pudo seguir hablando porque Pitirre se había parado junto a ella y con voz grave la interrumpió.
—Basta ya Nadisia, cállate que estás en público.

Las Gómez de Peralta se habían quedado consternadas. Fefa había sacado un abanico de su bolsa gigantesca y se echaba fresco.

—Ay, me falta el aire... Voy a llamar al señor conductor... Yo no puedo permitir que nos hablen así... —y comenzó a llamar a Yoramis haciendo gestos con la mano, mientras gritaba—: ¡Señor, señor… estas mujeres nos están insultando!

Por supuesto, Yoramis no se enteró, aunque el resto de los pasajeros comenzaron a virarse para presenciar la pelea. Fue entonces cuando El Pitirre, un hombre muy alto, trigueño, se dirigió a las dos hermanas.

—Perdonen, señoras —les dijo—. Yo soy Toribio, el *manager* de estas damas. Ellas no las van a molestar más. Pero por favor, no sigan haciendo comentarios sobre su condición porque ellas son putas y muy difíciles de controlar. ¿Me entienden? —les dijo mientras tomaba a Nadisia por un brazo haciéndola sentar sin grandes contemplaciones—. Yo no estoy acostumbrado a brillar en sociedad, pero les voy a decir algo. Me encantaría conocerlas mejor… Y sepan que me pongo a sus pies.

Con la misma, Toribio, El Pitirre, que vestía una larga chaqueta de brillante estampado salpicado de tachuelas plateadas, les hizo una reverencia, se inclinó y se alejó hacia su puesto.

—Eres un cabrón, Pitirre —le gritó Yaya, muy molesta desde su asiento—. Te pusiste del lado de ellas…

En ese mismo instante, la voz de Yoramis rompió la tensión que había creado tan desagradable incidente.

—Atención señores pasajeros…

Viaje de ida

Todos miraron al frente alarmados.
—¿Qué pasa? —gritó a voz en cuello Paco el sordo, que se había quitado el *hearing aid* y se había quedado medio dormido. Yoramis continuó:
—Estaremos llegando muy pronto a la Ciudad de Washington. Y se podrán bajar. Llegaremos al restaurant «El Faro de Nuevitas», que está en una calle que se llama Columbia Road... Cerca de muchos lugares importantes y del gobierno y del Capitolio. Pueden ir al baño ahí. En El Faro, no en el Capitolio, así no tienen que ir aquí. Es mejor. Pero pueden ir aquí si quieren. Y pueden comer también, no en el baño. Bueno, allá, aquí no pueden comer, pero allá sí. No se vayan lejos del Faro porque nos tenemos que ir en una hora, más o menos, quizás más... Ah, no se hagan ideas, El Faro no está junto al mar y no hay playa por eso no se pueden bañar. No sé por qué le pusieron así.

Algunos pasajeros suspiraron. Otros se miraron y rieron. Se estaban acostumbrando a escuchar la sarta de disparates de Yoramis, que ciertamente rompía la monotonía que siempre provoca un largo viaje por carretera.

Intervención divina

Aventurados los que nacen con ángel, es un don que compensa fallos y defectos… Ese ha sido siempre el caso de Yoramis, que sin darse cuenta ha podido superar más de una crisis y seguir en pie, andando. Como nació simpático, sencillamente, se le pasan por alto algunas cosas. Además tenía suerte. Ahora mismo, sin saberlo iba a tomar una decisión que bien pudiera salvarle la vida, a él y quizás a muchos más. Ya, a punto de hacer la primera escala del viaje en la Ciudad de Washington, se dirigió a Raudel.

—Oye, Raudel, después me toca manejar a mí, no es cierto…

Raudel asintió.

—Bien, he estado estudiando el mapa que nos dio Villo y hasta ahora encontré que el camino que nos marcó es bien feo… Todo lo que se ve a lo largo de la carretera son almacenes, fábricas muchas fábricas. Esto no me gusta y los pasajeros necesitan algo distinto… ver paisajes, ríos, montañas…

Raudel lo miró alarmado.

Viaje de ida

—Yoramis, hazme el favor de seguir la ruta que sé tienes marcada. Así es la carretera, este no es un paseo turístico. Hay que llegar lo antes posible. ¿Entiendes?

Yoramis se encogió de hombros y siguió observando el mapa... Minutos después, con velada expresión de alivio, los pasajeros de «La Flecha» descendieron del ómnibus en un restaurante cubano llamado «El Faro de Nuevitas», en la ciudad de Washington. Era un lugar sencillo, amplio, que quedaba cerca del Dupont Circle, en el centro de la capital americana. La calle se veía rodeada de pequeñas *boutiques* y restaurantes. En realidad, ni Raudel ni Yoramis tuvieron que ver en su selección, ya que Villo se ocupó de esos detalles. Afortunadamente.

Una vez en el restaurante, la mayoría corrió rumbo a los baños. Obviamente habían evitado ir en el ómnibus después de ver lo que le ocurrió al pobre Felipe allá en Nueva Jersey y el que más y el que menos venía con aparente apuro. Mariquita y Juana, la mujer de Candelario, fueron las primeras en llegar —a la vez—, a la puerta que decía "Women/Mujeres".

—Me alegro de encontrarte aquí —dijo Juana enfrentándose a Mariquita a la vez que bloqueaba la entrada al baño.

La expresión de su cara no era amistosa. Es más, estaba realmente furiosa y alzando la voz, le dijo:

—Si piensas que no me he dado cuenta de lo que vienes haciendo, estás muy equivocada. Así que mejor dejas tranquilo a mi marido... parezco tonta, pero no lo soy... y ahora me las voy a cobrar todas porque vas a tener que esperar... y esperar y esperar para ir al baño. ¿Entendiste? Ojalá te revientes... —y rápida, Juana entró en el baño, tiró la puerta y la cerró con el pestillo quedando Mariquita gritándole desde afuera...

—Déjame entrar... no seas hija de puta que vengo muy apurada...

Allá en la calle, junto al ómnibus, quedaban Yoramis y Raudel ayudando a algunos de los pasajeros que habían quedado rezagados.

—Oye, Yoramis —le dijo Raudel—. Voy a estirar las piernas y caminar un poco antes de sentarme a comer. Quédate tú en el restaurante en caso que alguien necesiten algo —y añadió con rapidez—: Además, quiero llamar a Villo para decirle cómo va la cosa...

Yoramis estaba tan ensimismado con los mapas y las instrucciones del viaje que se limitó a asentir y se sentó solo en una mesa mientras los demás se iban acomodando. Raudel se alejó y casi no había puesto pies en la calle y ya estaba hablando por el teléfono celular.

A unos pasos delante de él, caminaban Marifá y Augusto, que decidieron ir a almorzar a un restaurant italiano, acogedor y pequeñito, que se encontraba justo frente del «Faro de Nuevitas».

Viaje de ida

—Te quiero invitar, ¿aceptas? —le preguntó Augusto con cierta timidez... y ansiedad.
—Sí... claro, pero no quiero abusar, no quiero que pienses que yo... —Augusto la interrumpió—: No pienso nada. Me agrada hacerlo... y nos da la oportunidad de conocernos mejor...

Y así fue que ambos jóvenes se sentaron a compartir su primera cita. Augusto ordenó el almuerzo y dos copas de vino.

—No creo que podías beber en el convento, pero como me dijiste que ya tienes 21 años, vamos a brindar por este bendito ómnibus que gracias a él nos hemos conocido.
—Y brindemos por el guía —añadió Marifá y ambos rieron.

La conversación fluía con facilidad, como cuando dos personas casi adivinan lo que la otra le va a contestar... Ya habían empezado a comer cuando Augusto se atrevió a decir:

—Te importa que te pregunte algo.
—Claro que no me importa, si ya te he dicho lo peor —le contestó Marifá.
—El padre de tu hija... sabes de él...

Marifá le contestó rápidamente, sin titubear.

—No, él nunca hizo el menor intento por inmiscuirse en la situación. Sus padres y mis padres fueron los que hablaron y nuestra relación terminó. En realidad, había terminado ya... desde que aquello pasó —le dijo. Y ya más pensativa, añadió—: No creas que me pesa su indiferencia. En ese sentido, en realidad, me sentí aliviada... Ni supe más de él, ni quiero que tenga nada que ver conmigo ni con mis planes... Es mejor así.

Augusto asintió y sin saber por qué se sintió aliviado. Este era un tema que le había estado rondando por la cabeza y honestamente, ahora se sentía mucho más tranquilo.

Fue después de ese momento, que ambos jóvenes siguieron hablando de mil otras cosas, de la comida, que estaba deliciosa, del vino, de la ciudad de Washington, de los pasajeros y de Yoramis, por supuesto.

—Ahora me toca a mí preguntar —dijo Marifá con amplia sonrisa.
—Claro... qué quieres saber...
—Me dijiste que eras abogado, te puedo consultar algo... Y por favor, no pienses que me quiero aprovechar de la confianza que has tenido en mí, pero... pero... espero que me comprendas.

Augusto la miró con dulzura.

Me estoy enamorando de esta mujer, pensó... *y no me lo explico...*

—Sí, soy abogado, trabajé un tiempo en un bufete, y no me gustó... En realidad, me desencanté con un montón de cosas... Actualmente no ejerzo. Y créeme, si mis padres te escucharan pidiéndome consejo legal te harían un monumento en medio de esta ciudad que ya está llena de obeliscos

Viaje de ida

y de estatuas... Pero dime, qué quieres saber... —le contestó.
—En caso que yo encuentre a la niña, y tenga la oportunidad de reclamarla, o sea de que me la den a mí... El hecho de ser una mujer sola, soltera, ¿sería acaso un obstáculo?

Augusto se quedó pensativo y mil cosas volaron por su mente.

—Mira... desconozco exactamente lo que dice la ley de la Florida, aunque eso es muy fácil de averiguar. Tú eres la madre biológica, y eso está a tu favor, aunque no sabemos si la niña ha sido adoptada legalmente... Tú tienes bienes de fortuna, como me has dicho, o sea que te puedes mantener y mantenerla a ella... Indiscutiblemente, si estuvieras casada es posible que se facilitarían los trámites. Lo que más me preocupa es que la puedas encontrar y determinar cuáles son las circunstancias de ella, legalmente hablando.

Marifá, por un momento se quedó pensativa. Pero en seguida se apuró a responder

—Gracias, Augusto, no sabes cuánto te lo agradezco...

Augusto sonrió... y le dijo:

—Quiero que sepas que puedes contar conmigo... Te lo digo en serio, para lo que quieras. Y ahora tú me vas ayudar a pedir el postre, que estoy seguro que las monjas del convento no te daban dulces... ¿Me equivoco?
—No, no te equivocas... Y adoro los dulces.

Mientras esto sucedía, allá en la acera de enfrente, en el «Faro de Nuevitas», había otra situación en pleno desarrollo. Fefa y Nenita ya habían ocupado una mesa para cuatro personas... Cada una sentada en una silla y en la tercera descansaba la bolsa en la que traían las cenizas de Cucú... Cauteloso un camarero les preguntó...

—Señoras, soy Pepe, buenas tardes, ¿cuántas personas van a ser?
—Somos dos, pero necesitamos espacio para tres.
—Señoras, no les gustaría una mesa más pequeña, tengo gente afuera en fila... —les dijo el camarero solicito—. Perdonen, pero solo las veo a ustedes dos.... ¿Están esperando a alguien?
—No... no, ya estamos las tres aquí... —le dijo Nenita—. No se ha dado cuenta, claro. En esa bolsa viene Cucú, mi hermana mayor y comprenderá que no la puedo poner en el piso... y esta es Fefa —le dijo señalándola. Somos las Gómez de Peralta... Suena cubano por el acento, ¿No ha oído mencionar nuestro apellido? —afirmó con petulancia.

El camarero optó por seguirle la corriente pensando en la propina... Siempre que venían viajeros había que tratarlos bien, le había dicho el dueño del lugar y el seguía las instrucciones al pie de la letra.

—Sí claro, cuánto honor. Aquí tiene los menús... ¿Le doy uno para su otra hermana, o prefieren solo dos? —continuó Pepe sin pestañar.
—Gracias, joven, muy amable. Con dos es suficiente... —le contestó Fefa.

Viaje de ida

Y Pepe el camarero se alejó algo confundido, pensando que este era un trabajo en el que había que estar preparado para lo inesperado y tratar bien a todo el mundo, incluyendo a los clientes de acá y hasta a los del más allá.

Pitirre, que ocupaba una mesa cercana con sus dos acompañantes, con la curiosidad que lo caracteriza, había escuchado toda la conversación y aprovechó la ocasión para cobrárselas de las dos hermanas y con sorna dijo en alta voz dirigiéndose a los que estaban a su alrededor:

—Señores, si hay algún otro muerto por ahí... por favor le dicen de parte mía, que no me carezca de nada y que pida por esa boca que lo invito yo... —y todo el mundo que lo escuchó no pudo dejar de reír.

Todos menos Paco el sordo, que gritó, como siempre grita...

—¿Qué dijo? ¿Qué le va a pagar al tuerto?, yo no veo ningún tuerto, pero si quiere un sordo, yo estoy aquí.

Un rato después, en medio de la risa y la algarabía, se escuchó la inconfundible voz de Yoramis que aprovechaba cualquier oportunidad para hacerse sentir... Se caló su gorra de capitán y con solemnidad dijo:

—Señores pasajeros, el *bus* sale en 10 minutos, Todos a bordo, por favor.

Allá en Union City...

Desde que el ómnibus salió de Union City, Villo se había quedado preocupado. En realidad, extrañaba la actividad que había rodeado los preparativos del viaje. Ahora sentado en su oficina, ya de regreso a su rutina diaria, sentía un vacío, le faltaba algo... Sin casi darse cuenta, se había puesto a recordar los detalles del viaje, incluyendo lo que le había dicho Skip sobre el ruso que había amenazado a Yoramis de muerte y sintió una rara inquietud. *Es un muchacho joven y lo veo tan perdido...* pensó. *El muy sinvergüenza es simpático, me recuerda a mi hijo Arturito, y sonrió. No las piensa...Claro, esa es la formación que reciben ahora allá, mejor dicho, la formación que no reciben...* Y como si se tratara de un presagio, justo en ese momento el tono de su teléfono celular interrumpió su meditación.

—*Hi Vic, this is Skip... Listen, there is a new development. One of the guys, the one named Raudel, called the Russian dancer from the road... Titov overheard the conversation and hell broke loose. We had a plan to catch him later on, using the guys as bait. Now he has the upper hand... and we have to wait and see what is he going to do. I'm warning Tom to be on the lookout. I just wanted to keep you in the loop...*[8] para Villo la noticia no podía ser peor.

---

[8] N. del A. Hola Vic... Te habla Skip. Tengo noticias. Uno de los muchachos, Raudel, llamó a la bailarina rusa. Titov escuchó la conversación y se armó... Nuestro plan ahora no va a funcionar. Él ya sabe y tenemos que esperar a ver qué hace. Le dije a Tom que esté vigilante. Te lo quería decir.

Viaje de ida

—*Skip, that's very serious... I'm concerned. Should we tell them...*[9]

A Villo le cambió la expresión de la cara, se veía realmente preocupado.

—*No, no, let Tom handle it, I hate to tell you, this guy Titov put a price on your friend's head... Yoramis... Look, we will get him, but it may get ugly... I will be getting inside information and we may have to change our plans... Everything was going well, and this idiot screwed it all up, but hey, we will deal with it. I'll call you if I hear anything else. Ok?*[10]

—*Yes, Skip, listen, thank you for everything*[11] —dijo Villo.

Luego, apagó el teléfono celular y por unos minutos se quedó en silencio con el ceño fruncido, pensando.

Pobre Yoramis, tan contento que iba... yo creo que hasta se había olvidado del ruso... se dijo Villo con tristeza. Y sin esperar más, agarró el celular y marcó el número de su casa.

---

[9] N. del A. Skip, esto es serio, ¿Se lo vas a decir a ellos?

[10] N. del A. No, Tom lo va a manejar. Siento decirte que Titov le puso un contrato sobre la cabeza de Yoramis. Mira, lo vamos a agarrar, pero esto se va a poner feo. Tendré información de adentro y cambiaré los planes de acuerdo con lo que me digan. Todo iba bien y ese idiota lo fastidió. Te llamo si hay algo nuevo.

[11] N. del A. Gracias, por todo, Skip.

—Meche… después te explico… No, no, yo estoy bien, pero tengo urgencia de hablar con el Padre Luis. Por favor, llámalo… dile que necesitamos la intervención divina.

Viaje de ida

Cambio de planes

Ajeno a la amenaza que pesaba sobre su vida, Yoramis, contento y feliz, se encontraba parado junto a la puerta de la guagua, tablilla en mano, chequeando que todos los pasajeros estuvieran a bordo. Este era un nuevo papel que él mismo se había asignado y lo interpretaba muy bien, inclusive le añadía a su personaje un desconocido aire de autoridad. Vestía su chaqueta de capitán y se encontraba interpretando un nuevo rol:

—Vamos, vamos —le decía a Porfirio, el director del mariachi «Los Jalapeños» —se me tienen que apurar que ya es hora de salir...

Lo que hizo que lo miraran con desinterés y se le rieran en la cara.

—De qué vas a hablar ahora... —le dijo el director—, avísanos, que te vamos acompañar musicalmente —y riendo a carcajadas se fueron a sus asientos.

Finalmente, molesto con «Los Jalapeños», Yoramis entró en la guagua y se acomodó detrás del timón.

—Bueno Raudel —le dijo a su amigo que ya estaba instalado a su lado—. Aprovecha y descansa, que yo tengo todo bajo control. Raudel lo miró con mezcla de incredulidad y resignación.
—Eso espero, Yoramis, por favor, ve con calma, tienes bien clara las instrucciones y bien marcado el camino a seguir. Si

me necesitas me despiertas, me voy a dormir porque después me toca a mí manejar toda la noche —y Raudel muy a su pesar, delegó en Yoramis la responsabilidad de manejar el ómnibus.

Durante la próxima media hora, todo fue perfectamente bien. Por ese motivo, Raudel se fue relajando y logró cerrar los ojos. Había sido un día complicado y largo... Estaba despierto desde muy temprano y finalmente el cansancio lo rindió y se durmió. Casi al mismo tiempo fue que Yoramis vio las señales de la carretera que había estado estudiando en el mapa allá en restaurante y sin pensarlo mucho, cambió el rumbo planeado y en vez de seguir hacia el sur, se desvió y tomó la ruta I-66 hacia el oeste. Esta es una carretera que lo llevaría hasta el famoso Skyline Drive, que sigue los pasos del viejo Apalache Trail, un bellísimo camino que va de norte a sur y recorre el parque nacional del Valle de Shennandoah, bordeando la cordillera de las Blue Ridge Mountains en el estado de Virginia.

Uy, como les va a gustar este recorrido a los pasajeros... Más adelante se lo explicaré... Ahora me tengo que concentrar..."

Yoramis no estaba del todo equivocado. En esta época del año esa ruta ofrece a quienes la recorren, un paisaje de increíble belleza. Los colores del otoño estaban en todo su esplendor. Era un espectáculo maravilloso que ofrece la naturaleza completamente gratis. A través del camino se podían apreciar pequeños riachuelos, cascadas, y profundos acantilados justo al borde de la sinuosa carretera. Como la

Viaje de ida

velocidad máxima era de 35 millas, era fácil apreciar la inmensidad del mundo exterior. A medida que se avanzaba, se iban cruzando puentes y túneles que cortan por el centro a las montañas, añadiendo emoción y dramatismo.

—Señores pasajeros...

La voz de Yoramis interrumpió una que otra siesta, aunque la mayoría de los pasajeros se habían quedado sobrecogidos ante la continua belleza del paisaje.

—Estamos cruzando por el Valle de Chea Andoa, y las montañas azules, que llevan mucho tiempo aquí. Son muy viejas porque por aquí pasaban los indios y los americanos que iban atrás de los indios, o al revés. Ellos andaban a pie porque entonces no habían guaguas. Por eso le pusieron «El camino de los Apalaches», así se llaman las montañas, que son muchas, y me dijeron que era una cordillera y sale en muchos mapas. Los traje por aquí porque esto es más bonito que por donde veníamos. Pero dentro de poco volveremos a la otra ruta y llegaremos a la Ciudad de Richmond en el estado de Virginia, llegaremos en una, dos o tres horas para la comida —y cerró el micrófono.

Acostumbrados ya a las excentricidades de Yoramis, nadie se inmutó... Nenita roncaba ruidosamente, con precisión y frecuencia, lo que le molestaba mucho a Yaya y a Nadisia. Fefa estaba ensimismada con el paisaje y se abanicaba constantemente. El Pitirre dormitaba, mientras que Mariquita, algo asustada, no había vuelto a mirar a Candelario que se sentía realizado porque dos mujeres se peleaban por él. *A mi edad, eso ya es decir*, pensó con inmensa satisfacción.

—Que paisajes tan lindos —murmuró Marifá—. No esperaba que este viaje fuera... así, inolvidable —dijo en voz baja—. No quisiera que terminara...
—Me alegro que pienses igual que yo —le dijo Augusto—. Marifá, el viaje no tiene por qué terminar... Piénsalo bien, que ya yo lo pensé. Y por favor, no digas ahora ni media palabra. Sigue disfrutando la belleza de esas montañas azules, del cielo despejado y de todo lo demás... Solo quiero hacerte una pregunta... ¿Te quieres casar conmigo?

Eran casi las 7 de la noche cuando «La Flecha» llegó a la ciudad de Richmond, por supuesto estaban atrasados. El recorrido había tomado mucho más de lo que Yoramis pensó, por lo tanto tenían un retraso de más de cuatro horas. Cuando Raudel se despertó y miró el reloj no lo podía creer...

—¿Qué ha pasado, Yoramis, cómo es que todavía estamos aquí, ya debíamos haber llegado a North Carolina...?
Yoramis no se inmutó, y rápidamente le respondió:
—Es que tomé por otro camino. Pero no te preocupes, los pasajeros están encantados. No te puedes imaginar cómo les ha gustado...

Viaje de ida

Raudel lo miró con impaciencia... pero decidió no decir palabra alguna porque los pasajeros los podían oír peleando y eso no caía bien. Además, lo había despertado el constante sonar del teléfono celular del americano que iba en el primer asiento, justo detrás de ellos y no quería que se diera cuenta de la equivocación de Yoramis.

Estaban ya estacionando el ómnibus en la pequeña terminal de la Boulevard y Broad Street en Richmond cuando se dio cuenta que el americano estaba parado detrás de él y le estaba haciendo señas de que quería hablarle.

¿Qué querrá este tipo?, se preguntó Raudel. Y para mayor sorpresa suya, el misterioso personaje se le acercó y le habló en perfecto español con un ligero acento.

—Soy el agente Tom Parker, del FBI, ustedes dos quédense aquí, después que bajen todos los pasajeros, tenemos que hablar.

Raudel palideció. A Yoramis el corazón se le salía por el pecho...

—¿Qué pasa, qué pasa...? —murmuró.

En ese momento pasaron por su mente las amenaza de Titov, el incidente con el perro, el dinero que encontraron en el automóvil del ruso y el tiempo que trabajó en el taller de mecánica, que obviamente era un frente de la mafia rusa. Yoramis sintió que le recorrían escalofríos por el cuerpo.

Una vez que los pasajeros descendieron en la terminal, Tom Parker se dirigió a Yoramis y a Raudel que lo miraban entre ansiosos y asustados.

—Ustedes dos, hoy han tenido una suerte loca... —comenzó—: Tres ómnibus que transitaban la carretera que se suponía ustedes siguieran, han sido atacados por supuestos franco tiradores. Afortunadamente nadie ha muerto, pero dos choferes están heridos. Tenemos razones para creer que esos ataques iban dirigidos a este *bus*, pero como ustedes se desviaron de la ruta, y aún no sé por qué... se salvaron.

La noticia le hizo un efecto terrible a Raudel, que se había puesto muy nervioso y tartamudeaba.

—Pe... Pe... Pe..., pero cómo usted sabe que nos querían atacar a nosotros...

Temblaba y se pasaba la mano por el pelo, por la cara... Yoramis, pálido no había dicho palabra.

—Algo van a decirle a los pasajeros, pero eso se lo dejó acá, al del micrófono —dijo Tom señalando a Yoramis—. Lo que sucede es que tú, —y miró detenidamente a Raudel—, llamaste a tu ex mujer, Irina, diciéndole por donde andabas, que ibas en el ómnibus, y lo que ibas a hacer, sin imaginarte que Titov pudo haber escuchado toda la conversación. Pues sabes qué... él ahora sabe la ruta por donde van y le ha puesto un precio a tu cabeza y a la de Yoramis... ¿Entiendes ahora?

Viaje de ida

Tom los miró detenidamente.

—Teníamos muy bien elaborados nuestros planes. Sabíamos que Titov los iba a encontrar. Pero nos íbamos a enterar cuando. No iba a ser aquí, ni tan pronto.

Yoramis escuchaba todo aquello en silencio sin salir de su asombro... Raudel se desplomó en uno de los asientos con la cabeza entre las manos, totalmente desolado...

—¿Cómo has hecho eso, Raudel? —le preguntó Yoramis, molesto, ronca la voz—: Villo nos hizo prometer que no ibas a llamar... y tú le dijiste que no llamarías... Coño Raudel...

Raudel no pudo contestar. Fue entonces que Tom intervino.

—No es el momento de pelear entre ustedes... Hemos tenido que cambiar los planes por causa de la indiscreción... —explicó—. Afortunadamente, los francos tiradores fueron capturados. Así que por el momento no corren peligro de que vuelvan a tirotear al ómnibus —Tom los miró y continuó la explicación—: Pero en algún momento, no sé exactamente cuándo ni dónde, Titov va a aparecer.

Yoramis y Raudel lo miraron sin pronunciar palabras. Tom, muy serio, continuó su explicación:

—Lo que sucede es que en este momento no tenemos suficientes pruebas para detenerlo. Pero esperamos que a través de ustedes, sí las tendremos... Cuando trate de matar a cualquiera de los dos.

Aparentemente Tom no les quería explicar más de lo necesario, quizás para no asustarlos demasiado, aunque ya estaban muertos de miedo.

—Y no se preocupen, los vamos a tratar de proteger...
—agregó.

Tom hizo una pausa. Tenía que medir cuidadosamente sus palabras...

—Ustedes han cometido varios errores, y nosotros pudiéramos hacernos la idea que eso nunca pasó. Si nos ayudan... Titov, más tarde o más temprano va a dar la cara. Nos consta, Tenemos gente que de vez en cuando nos informa del lado de allá. ¿Comprenden?

Yoramis no acababa de entender, o no quería entender lo que le estaba proponiendo...

—¿Qué es lo que me va a pasar?

Tom se apuró en contestarle:

—Piénsenlo bien, y antes de salir me dicen qué prefieren... si pasar una temporada a la sombra en la cárcel, donde poco podemos hacer, o cooperar con nosotros, donde también corren riesgos, pero menores.

Yoramis lo miró y se encogió de hombros.

Viaje de ida

—Sí, claro —dijo Raudel. En aquel momento lo que a él más le dolía era lo de Irina. Y pensar que él había confiado en ella—. ¿Qué tenemos que hacer? —preguntó.

—Seguir el viaje... Por el momento, hablarles a los pasajeros... Díganle lo de los ataques, que por suerte no iban ustedes por esa carretera. Y que escucharon que ya agarraron a los culpables, que no hay por qué preocuparse... y me dicen luego lo que decidieron.

Tom se bajó del ómnibus caminando rumbo a la terminal. Atrás quedaron Raudel y Yoramis terriblemente confundidos.

Raudel miró a Yoramis y se dirigió a él...

—Yo llamé a Irina porque quería saber de ella... estaba preocupado... ¿Entiendes? Además, tú fuiste el que metiste la pata con lo del perro y los automóviles... no me jodas.

Yoramis se encogió de hombros. Estaba confuso. Le habían dado demasiada información y tenía que procesarla.

—Mira Raudel, no me hables ahora. Eres un come mierda, pero no te lo quiero decir, déjame pensar todo esto que no sé por dónde empezar. Y yo no sé pensar. Pero voy a tratar. Ahora estoy montado en este burro y no me queda más remedio que seguir... Por el camino, ya veré, algo se me tiene que ocurrir, y si no, me van a joder —y obviamente molesto, dio la media vuelta y bajó del ómnibus encaminándose hacia la terminal.

Atrás quedó Raudel, sentado en las escalerillas del *bus* con la cabeza entre las manos. Cada momento que pasaba, se iba se iba sintiendo peor…

Encrucijadas

Muchas veces la vida nos pone pruebas y es en ese momento es cuando se ve de qué estamos hechos. Esto lo han dicho muchos. A veces, fuerzas invisibles nos obligan a tomar decisiones que han de afectar para siempre el curso de nuestras vidas. Si bien es cierto que el factor suerte no se puede eliminar de la ecuación, el ser humano tiene la capacidad y la libertad para elegir el camino a seguir. Este es ahora el caso de Yoramis, Raudel, así como el de algunos de los pasajeros que se embarcaron en el viaje inicial de «La Flecha».

Cuando Yoramis entró en el café de la terminal de ómnibus se sentía derrotado, deprimido, sin ánimo. Venía cabizbajo, con el ceño fruncido, pensando en la propuesta que le había hecho Tom. El futuro no era muy alentador. Sin embargo, cuando llegó a donde se encontraban los pasajeros, para enorme sorpresa suya, todos se pararon y sonrientes lo aplaudieron. Obviamente se habían enterado de los ataques a los ómnibus que cruzaron la carretera por donde se suponía que transitaran y apreciaban que Yoramis hubiera tomado, aunque por capricho, casualidad o inspiración divina, una ruta diferente.

Entonces, sucedió lo inesperado. Yoramis recibió una sorpresiva dosis de adrenalina cuando Los Jalapeños, a capela, empezaron a cantarle «El Rey».

—Dedicado a nuestro bendito chofer, el gran Yoramis —exclamó Porfirio, el director musical del mariachi, con voz grave y profunda... y los pasajeros se unieron al coro: *Pero sigues siendo el rey...* Yoramis, que era muy emotivo, no pudo hacer otra cosa que echarse a llorar...
—Gracias... gracias... —balbuceó entre sollozos—. Por favor, no sigan, que yo... que yo les tengo que hablar... y no me sale... Pero voy a tratar... Hay que tratar —y seguía llorando.

Detrás de él había entrado Tom y momentos después llegó Raudel, que se veía pálido, demudado. La reacción de los pasajeros lo había sorprendido y no sabía que iba a salir por la boca de Yoramis... No tuvo que esperar y ya un poco más compuesto, Yoramis comenzó...

—Señores pasajeros... —ejem, ejem... aclaró la voz, se secó los ojos y con un pañuelo, ruidosamente, se sopló la nariz y bajó la cabeza para hacer una pausa.
—Qué vulgaridad —le dijo Fefa a su hermana—: Estamos rodeadas de...
—Fefa, por favor, no hables, que esas dos mujeres ya nos están mirando y no quiero tener más problemas con ellas... —le dijo Nenita casi en un susurro.
Nenita no pudo seguir, la voz de Yoramis la interrumpió.
—Una vez más... Voy... Señores pasajeros... Como saben hubo un tiroteo en la carretera por donde veníamos... pero nos salvamos porque fuimos por otra ruta para ver el paisaje y las hojas que ahora tienen otro color. Me dicen los que saben que no se preocupen porque ya agarraron a los del tiroteo y que ya no lo van a hacer más porque están presos.

Viaje de ida

No mataron a nadie, pero hay heridos. Ellos están bien, pero por poco los matan. Nosotros vamos a salir dentro de un rato, puede ser como una hora, quizás más... o menos. Y sin ya tiros por la carretera. Vamos a manejar toda la noche hasta que lleguemos a North o South Carolina. No sé bien, una de las dos... Ya veremos, quizás las dos. Gracias por el canto. Me gustó. Gracias.

Y los pasajeros, ya acostumbrados a las palabras de Yoramis, sonrieron y una vez más, lo aplaudieron.

—¡Viva Yoramis! —volvió a exclamar Porfirio el Jalapeño.
—¡Viva! —gritaron todos los demás, y Yoramis sonrió.

Tom Parker se había mantenido discretamente a distancia, algunos de los pasajeros se acercaron para felicitar a Yoramis y de nuevo, él se puso contento. Entre ellos estaban Hermelinda, Rubén y los tres niños. Ellos querían saber si aún corrían algún riesgo...

—No, no, ya agarraron a los pistoleros —les dijo Yoramis.
Fue entonces, cuando se alejaron, que Tom se le acercó.
—¿Has decidido algo? —le preguntó.
—Por mi parte, creo que lo voy a hacer... No lo he pensado, y aunque lo piense, no puedo hacer otra cosa. Yo no entiendo de esto, ¿Tom? Creo que me dijo. Pero antes de decirle que sí, voy a llamar al señor Villo y entonces le contesto.
—Me parece bien... —le dijo Tom

Curiosamente, Raudel se veía más afectado que Yoramis. Fue el quien se le acercó a Tom Parker.

—Puede contar conmigo... En mi caso esto se ha convertido en algo personal. ¿Me entiende?
—Sí, te entiendo —le contestó Tom—. Pero creo que le estás dando más importancia a lo que sucedió de la que en realidad tiene. Por eso te digo que te vas a limitar a seguir las instrucciones nuestras, si no lo haces, vas a estar solo, por tu cuenta... ¿De acuerdo?
—De acuerdo —le respondió Raudel.

Para Yoramis, el recibimiento que le hicieron los pasajeros con la participación de Porfirio y los Jalapeños, fue crucial. Le cambió el estado de ánimo, de depresivo, a feliz y exuberante... Fue entonces que decidió llamar a Villo, quería que él supiera todo lo que estaba pasando y que le diera su consejo. Aprovechó un momento en que se había quedado solo, pues los pasajeros no lo cesaban de felicitar, y marcó el número de la bodega.

—Don Villo... Es Yoramis... —y sobrecogido por la emoción otra vez empezó a llorar.

En medio de lágrimas y sollozos le contó a su mentor todo lo que había sucedido, y lo que él consideraba como la traición de Raudel. Villo no quería que Yoramis se diera cuenta cuán preocupado estaba y trató de darle ánimo.

—Me alegro que me hayas llamado... Sigue el consejo del agente que me dices se llama Tom. Esa es tu mejor opción.

Viaje de ida

Cuídate mucho, que aquí estamos rezando por ti... Y me tienes al tanto si algo nuevo pasa. Ah... tan pronto llegues a Miami, me llamas.

Cuando Villo apagó el teléfono, se quedó pensativo. Sintió no poder decirle que conocía los pormenores del caso, obviamente, las cosas no iban tan bien, pero no era prudente anunciárselo. *Lo dejaremos en manos de Dios*, pensó.

Allá en la terminal, Yoramis algo más tranquilo, fue a ver al agente.

—Puede contar conmigo —le anunció.

Tom se limitó a asentir. Y Yoramis, sonriendo, se fue a conversar con sus nuevos amigos y admiradores: «Los Jalapeños».

Los que creen en la astrología dirían que algunos de los pasajeros de «La Flecha» estaban pasando a través de un aspecto astral negativo. En medio de la confusión que reinaba en el café de la terminal, Juana aprovechó para sustraerse de toda la gente y decidió ir al baño para arreglarse la cara antes de sentarse a comer con Candelario. Hacía ya algún tiempo que las cosas no andaban bien entre ellos. Su marido era un hombre mujeriego y ella estaba harta de aguantárselo. Hasta ahora, siempre que pensaba en una separación, terminaba cediendo y perdonándolo. Temía que si lo

Carmen Teresa Leiva de Armas

dejaba se quedaría sola... Y estaban por medio, los hijos, el negocio, el dinero. En realidad, se había ido dando excusas para no enfrentarse a lo que sabía, sería para ella un desastre emocional. Pero todo tiene un límite y las circunstancias habían cambiado. Sus hijos estaban ya casados, el negocio lo pensaban vender y ella venía a reunirse con su hija menor en la Florida para abrir una tienda en la ciudad de Naples y mudarse cerca. Después de todo, hoy en día, Candelario solo se ocupaba de las ventas, viajaba y viajaba... Económicamente, ella le hacía más falta a él que él a ella. Y Juana, que en su época fue una mujer muy atractiva, conservaba cierto aire de belleza y elegancia que el tiempo no se logra llevar del todo.

¿Dónde está metido este hombre? se dijo cuando salió del baño. Miró a su alrededor, Candelario no andaba por ninguna parte... Mariquita tampoco. Entonces vio a Paco el sordo sentado en una mesa con otros dos personajes.

—Paco... —le gritó—. ¿Has visto a mi marido?

Paco la miró y en alta voz le dijo:

—Ah, si el salió, creo que iba hasta la guagua...

Casi inmediatamente, Juana vio entrar a Mariquita... esta, cuando la vio, con notable aire de culpa, volvió a salir al salón de espera de la terminal y se sentó sola en un banco. Por la puerta opuesta, venía Candelario, que se le acercó a su mujer sonriente.

Viaje de ida

—Fui a estirar las piernas... se me entumen de estar tanto rato sentado... ¿Y qué, comemos?
—Sí... tenemos que hablar Candelario.
—¿Ahora...? ¿Hoy...? No empieces Juana que yo...

Juana ignoró sus quejas y sin mirarlo caminó hacia una de las mesas. Una vez que se sentaron y ordenaron la comida, sin perder tiempo, le dijo:

—Candelario, tú sabes qué pasa con los viajes largos por carretera... dan tiempo para pensar. Y he tomado una decisión... Me quiero divorciar... estoy cansada, ya no te creo ni una palabra de lo que me dices, he perdido la confianza en ti, no te respeto, y honestamente, no vale la pena vivir así. Sigue tu camino que yo voy a seguir el mío.

Cancelario la miró sorprendido. Él no se esperaba esa reacción por parte de Juana.

—Juana, Juana, por favor... mira que no estoy para bromas, no te me pongas así, que estamos cansados... no es el momento. Después de tantos años...Yo no he hecho nada, son ideas tuyas... tenemos una familia...

Candelario se había puesto rojo como la grana, y no sabía que más decirle a su mujer... Juana por su parte, serena, lo miró fijamente y le habló con firmeza.

—La familia nunca te ha importado, Candelario, y los años a quien me pesan es a mí... Pero no te angusties, vamos a seguir de amigos. Mira, vamos a comer y cuando lleguemos a

Miami nos ponemos de acuerdo para dividir lo que tenemos… No quiero escenas, ni promesas, ni amenazas. La decisión la tomé hace un momento, cuando salí del baño y me di cuenta, una vez más, que me estabas engañando…

—Mujer, por favor, mira que yo te quiero… —Candelario no lo podía creer, Juana lo había tomado por sorpresa.
—Ay… Candelario, ahora no sigas hablando, mira —dijo con voz de resignación a la vez que señalaba hacia el camarero que se acercaba a la mesa—. Ahí viene la comida y se nos enfría… Pero puedes estar tranquilo, no hay más nada que hacer. Disfruta el viaje.

Y Juana sonrió mientras les servían. Luego, sin volver a mirar a su marido, que había palidecido, le puso toda su atención al plato que tenía ante ella.

—Hmmm. Está deliciosa… —dijo probando la sopa—. ¿Qué pediste tú…?

No todo el mundo, en aquella terminal impersonal y antiestética, atravesaba por un mal momento. Augusto y Marifá se enfrentaban a otro tipo de decisión. Para sorpresa de ambos, en menos de 24 horas se habían conocido y enamorado.

Viaje de ida

Y allí estaban, sentados en una mesa, alejados del mundo y del resto de los pasajeros

—No has pronunciado palabra... ¿Te asusté? —le dijo Augusto, preocupado ante el silencio de Marifá.
—No... no, claro que no. No me asustaste. Solo que no me salen las palabras... —le confesó con timidez—. Por una parte, quiero decirte que sí... por supuesto que quiero decirte que sí. Por otra parte, tengo miedo y no quiero que te sientas obligado a ayudarme... quizás mi historia te ha conmovido, no sé...

Augusto la miró con ternura.

—Marifá... yo no te he cogido lástima, al contrario. Te admiro, tienes un coraje inmenso. Lo que sucede es que me enamoré de ti y no te quiero perder... Una vez que lleguemos a Miami y salgamos de este ómnibus nadie sabe lo qué puede pasar. Quiero seguir contigo, quiero casarme contigo... No me interesas por tu dinero, mis padres también son ricos, y yo volveré a mi carrera de abogado... Dime, qué tengo que hacer y yo lo hago.

Augusto continuó:

—Siempre creí que la vida es como una película que solo se puede ver una vez, en la que no hay botón de repetición ni se puede dar marcha atrás... Por eso hay que andar con los ojos abiertos, ya bien sea para evitar los errores, o para no dejar ir la felicidad.

A Marifá le parecía que estaba viviendo un sueño. Hacia escasamente dos días estaba en un convento de monjas y ahora se encontraba en una ciudad extraña, en medio de una vieja terminal de ómnibus, considerando la proposición de matrimonio de un hombre maravilloso que acababa de conocer, pero que la hacía sentirse tan bien... era como si lo conociera de antes, de toda una vida y tampoco lo quería perder...

Marifá levantó la cabeza y miró a Augusto a los ojos y sin titubear le dijo:

—Está bien, me casaré contigo.

Y los demás pasajeros vieron con sorpresa y deleite como aquella pareja joven y bonita se besaba apasionadamente frente a todos ellos... Porfirio, el de los Jalapeños, que no era discreto ni educado, se les acercó y les dijo...

—Y a ustedes, ¿qué les podemos cantar?
—No... no, por favor. Ahora no —le dijo Augusto cortésmente—. Se lo agradecemos —le dijo mientras Marifá los miraba ruborizada.

Y como era de esperar, la conversación terminó en ese momento porque se escuchó la voz de Yoramis, que ya más repuesto, anunció:

—Atención señores pasajeros, saldremos dentro de unos 5, 10 o 15 minutos, más o menos.

Viaje de ida

Poco a poco los pasajeros fueron desfilando hacia el ómnibus. El primero que entró fue Tom, seguido de Candelario. Este iba con la cabeza baja, esquivando la mirada de Mariquita que trataba de hacer contacto visual con él. Luego venia Raudel, que seguía molesto. En cuanto a Yoramis, a pesar de la alegría que le dio el recibimiento que le hicieron los pasajeros y el canto del mariachi, no podía evitar sentirse triste.

Una vez que todo el mundo estaba sentado, Raudel, tratando nuevamente de hacer las paces con Yoramis, le dijo:

—Si quieres puedes dar otro discurso que a mí me toca manejar para que puedas descansar.

Yoramis no se hizo rogar y sin mirarlo agarró el micrófono:

—Atención, señores pasajeros —comenzó—: Nos vamos ya de aquí y pueden dormir tranquilos, si quieren. Ahora no se ve nada para fuera porque está oscuro, es que es de noche y por eso no hay sol, que siempre sale por la mañana. Por favor, traten de no roncar porque me he dado cuenta que alguno de ustedes roncan y eso hace ruido y los demás no pueden dormir y si no duermen se van aburrir porque no hay nada que hacer... Si tienen frío se tapan. Creo que arriba de cada asiento hay frazadas y una almohada. Bueno, no una sola, una para cada uno... Y ahora no voy hablar más porque tengo sueño, hasta mañana, me voy a dormir —apagó el micrófono, y se recostó en su asiento. Los pasajeros suspiraron aliviados.

Sueño... o pesadilla

Viejos versos dicen que la vida es un sueño, pero no dan la explicación de por qué soñamos. Lo cierto es que el significado de los sueños sigue siendo un misterio. Las teorías se remontan a los tiempos antiguos. En Grecia y Egipto, se creía que los sueños eran el modo de comunicarse con los dioses. En la Biblia vemos como eran vehículo de proféticas revelaciones, mientras que en los tiempos modernos se estima que los sueños son una interacción entre el consciente y el subconsciente... Hasta ahora la pregunta continúa, inclusive muchos creen en los sueños premonitorios, en los que se reciben avisos divinos, advertencias por parte de fuerzas benévolas sobre acontecimientos futuros... Quién sabe...

Ya «La Flecha» había partido y continuaba su viaje. Era de noche y adentro reinaba el silencio. La mayoría de los pasajeros estaba durmiendo o tratando de dormir... para algunos, el día había sido largo y complicado, por el momento el ambiente era apacible. Raudel iba manejando, enfrascado en sus propios pensamientos... El sí que no podía dormir. *No sé cómo vamos a salir de esto*, pensó. *No sé si confiar en lo que me dice Tom...*

Tom, por su parte, había decidido que tenía que descansar. No sabía qué le esperaba al día siguiente y como no

Viaje de ida

anticipaba una crisis durante la noche... cerró los ojos y se durmió.

Juana iba pensando en la conversación que tuvo con Candelario... haciéndose la dormida, viró la cara hacia la ventana para evitar que él la viera llorar. *Nunca muestres tus lágrimas*, le había dicho su madre y ese consejo se lo tenía grabado en la mente. Solo que a veces es difícil esconder las emociones. *Quisiera divorciarme*, se dijo, *me hiere demasiado cuando me engaña. Aún así, es triste terminar lo que hasta ahora ha sido mi vida.* Afortunadamente, era tal el cansancio que Juana dejó de pensar y se durmió.

Marifá por su parte, descansaba la cabeza en el hombro de Augusto, junto a quien se sentía protegida. Ambos, tomados de la mano, dormían... felices.

Yoramis estaba sencillamente agotado... física y emocionalmente. Él no sabía cómo analizar sus emociones, nunca lo supo y no iba a aprender ahora. Él solo sabía que estaba disgustado con Raudel y preocupado por todo lo demás. *He tenido mala suerte*, se dijo. Sentía una gran inquietud, y no tenía idea qué iba a ser de él. Poco a poco, quizás debido al ruido del motor, al movimiento del ómnibus, a la monotonía de la carretera, o a la oscuridad de la noche... cerró los ojos y no tardó en quedarse dormido. Fue entonces que soñó.

En su sueño, Yoramis se vio caminando por una calle desierta... Estaba allá en Caimito. Todas las casas estaban cerradas, las ventanas tapadas con tablones de madera, no se veía a nadie... El pueblo había quedado desierto.

El siguió caminando, iba despacio, se acercó a una puerta y tocó, estaba buscando a su madre, aquella era su casa, pero estaba vacía, tocó en otra puerta, y vio a una mujer extraña que no lo dejó entrar... Siguió por la calle tocando en todas las puertas, hasta que finalmente, una se abrió y entró... Había un largo pasillo y al final del pasillo, otra puerta. Yoramis la abrió y se encontró, cara a cara, frente a Oleg Titov, que estaba de pie, con un hacha enorme en la mano. A su lado, echado en el piso, su leal perro Tovarich que feroz le mostró los dientes y gruñó.

Te dije que te iba a matar... Hace rato que estoy esperándote... te iba a encontrar y te encontré le dijo Titov. *Ahora te voy a cortar la cabeza.* Y levantó el hacha blandiéndola en el aire.

Yoramis, asustado, dio la vuelta y comenzó a correr, desenfrenadamente. Salió por la misma puerta, pero no encontró la misma calle, sino un camino tortuoso rodeado de malezas... detrás de él, pisándole los talones, iba Titov esgrimiendo el hacha, cada vez más y más cerca... hasta que... sobresaltado, dando unos gritos estentóreos, Yoramis se despertó agitadísimo.

—¡Ay...! ¡Ay...! ¡Ay...! ¡Qué me mata, me mata...! —gritaba cada vez más alto. A Yoramis el corazón se le salía del pecho, sudaba copiosamente, temblaba y no podía parar de gritar: Ay, Ay... ahí viene, es Titov... Tiene un hacha... Me va a cortar la cabeza —los gritos no paraban y se escuchaban claramente en todo el ómnibus.

Viaje de ida

Y así fue... Eran las tres y media de la mañana y todos los pasajeros de «La Flecha», sobresaltados se despertaron, muchos también dando gritos, sin saber qué estaba pasando. Fue entonces que sucedió algo totalmente inesperado. Tom, al escuchar los gritos de Yoramis, como estaba aún medio dormido, siguió su instinto y entrenamiento. Agarró la pistola que llevaba escondida en la cintura, la elevó y disparó tres tiros al aire, abriendo un hueco bastante grande en el techo del ómnibus... Los pasajeros gritaron... gritaron... y gritaron.

—¡Coño, nos matan! —dijo Paco el sordo, tirándose al piso mientras se cubría la cabeza con las manos.

Afortunadamente a Raudel le dio por hacerse a un lado de la carretera, y más adelante se detuvo en el parqueo de la zona de descanso junto a una gasolinera cercana.

Desde afuera del ómnibus se escuchaban los gritos y se percibía un cuadro de total confusión.

En la gasolinera, el encargado, horrorizado, corrió a cerrar la puerta... llamó por teléfono a la policía y con notable acento sureño, les dijo:

—A *bus full of crazy people has arrived here, I heard shots... They 'ol speak Spanish and they are 'ol going to kill* me... *It has a name printed on the side, let me spell it: La Flecha Bos Lain- and I don't know what the hell it means.*[12]

El empleado, que estaba completamente fuera de sí... continuó:

—*Yes, yes, there are children, hostages... you must send somebody... Immediately. Please... Help help, help!*[13]

En la guagua, el espectáculo era caótico: los niños de Hermelinda y Rubén, ya despiertos, con fuerza lloraban... lloraban, y lloraban... Los Jalapeños corrieron asustados por todo el pasillo:

—Qué es esto, qué pasa... Coño, qué es lo que pasa... Asalto, asalto... Nos han robado. ¡Todos al piso...! —y se amontonaron unos arriba de los otros.

Allá en los asientos del fondo, las dos prostitutas estaban furiosas.

—Este viaje es una mierda, Pitirre —le gritó Yaya, de pie con las manos en la cintura, elevando la voz—. Me ha despertado ese imbécil que no le entiendo ni sé lo que habla... y

---

[12] N. del A. Un ómnibus lleno de locos llegó al parqueo. Yo oí los tiros. Hablan español y me van a matar. Tienen un letrero pintado al costado que dice "La Flecha Bos lain" Yo no sé qué rayos eso quiere decir.

[13] N. del A. Sí, sí... Tienen niños de rehenes. Manden a alguien en seguida, Por favor, ¡Auxilio, auxilio...¡

Viaje de ida

aquel otro cabrón que se sienta al frente se ha puesto a disparar... Estoy mejor cuando camino la calle sola...

Las hermanas Gómez de Peralta tampoco se quedaran calladas.

—Nenita, Nenita... despiértate, que horror, santísimo... ha pasado algo... —le dijo Fefa a su hermana, consternada—. Agarra a Cucú, nos han entrado a tiros... Hay que evacuar...A correr que nos matan... corre... corre...

Y las dos iban disparadas por el pasillo hacia la puerta arrastrando la bolsa con las cenizas de su hermana, hasta que tropezaron con los Jalapeños. Sin pensarlo, siguieron, caminándoles por encima, lo que causó que Porfirio gritara.

—¡Quítenme de arriba a estas dos mujeres, que nos matan!

Fue entonces cuando Tom se paró frente a ellas y las detuvo.

—Regresen las dos ahora mismo, que aquí no ha pasado nada. Ha sido una falsa alarma... un accidente.

Tom decidió hablarles con firmeza bloqueando el pasillo. Obviamente agitadas y muy disgustadas, Fefa y Nenita obedecieron la orden.

—Grosero... Usted es un grosero —le dijo Nenita molesta a Tom—. Te lo dije, te lo dije... —le decía indignada a su hermana—. Todos son muy vulgares... Nosotras que estamos acostumbradas a volar en primera... No sé cómo caímos aquí... Hacer a Cucú pasar por esto, una mujer tan refinada —y muy a su pesar volvieron a sus asientos arrastrando las cenizas de su hermana.

Sin embargo, a pesar del desastre y la total confusión que reinaba, a Candelario el insólito incidente pudo influir en salvarle el matrimonio, ya que su primera reacción al oír los tres disparos que hizo Tom, fue proteger con su cuerpo a Juana, pensando que alguien los estaba atacando. Y ella lo agradeció.

—Juana, no te muevas de aquí hasta que sepamos por qué está gritando ese muchacho. Lo voy a ver... Quédate... No te preocupes.

Y Candelario se levantó y fue hasta donde estaba Yoramis, de quien hasta ese momento nadie se había preocupado. Cuando Candelario se le acercó lo vio pálido y tembloroso. Entonces le trajo una frazada y se la puso alrededor de los hombros. Agarró una botella de agua que había en el porta vasos junto al asiento y se la dio a tomar.

—¿Qué te pasa? —le preguntó solícito—. ¿Qué te sientes?

Tom y Raudel se habían acercado y lo miraban con atención...

—No... no... no sé, creo que fue una pesadilla... —dijo entrecortadamente Yoramis.

Candelario se viró hacia Tom y le dijo:

Viaje de ida

—Mejor llamamos al 911, solo para estar seguros que está bien... ¿no creen?

Tom asintió, y a los 10 minutos llegó la ambulancia con gran despliegue de luces y toque de sirenas. Los seguían dos autos de la patrulla de carreteras también haciendo gala de sus equipos. Y atrás, imponentemente, el camión del SWAT[14].

En este momento, los pasajeros se quedaron pegados a sus asientos, realmente espantados. La mayoría miraba por las ventanas sin salir de su asombro ni entender exactamente la situación.

Paco el sordo, confundido, le preguntaba a Mariquita:

—¿Oye, qué está pasando... me vienen a buscar a mí? Yo me siento bien... que no me lleven... que no me lleven... —gritaba.

El Pitirre, preocupado, se refugió en su asiento haciéndose el dormido y calándose una gorra, que traía en el bolsillo, hasta los ojos.

---

[14] N. del E. Un equipo SWAT (en inglés: Special Weapons And Tactics, 1 en español: Armas Especiales y Tácticas o Armas y Tácticas Especiales) es un equipo o unidad de élite incorporado en varias fuerzas de seguridad. Sus miembros están entrenados para llevar a cabo operaciones de alto riesgo que quedan fuera de las capacidades de los oficiales regulares, como el rescate de rehenes, la lucha contra el terrorismo y operaciones contra delincuentes fuertemente armados.

—Ni se muevan de ahí... ¿está claro? —le dijo en voz baja a Nadisia y Yaya, que rápidas, entendieron perfectamente la situación, se sentaron, cerraron los ojos y fingieron dormir.

En un instante, los paramédicos entraron al *bus* y luego de revisar a Yoramis, que daba gritos, lloraba y se lamentaba cuando lo reconocían, llegaron a la conclusión que sufría de un ataque de nervios y que debía relajarse, descansar y dormir... Y sin más explicaciones, recogieron sus equipos y se marcharon.

Fuera del *bus*, Tom y los oficiales conversaron brevemente... Poco después; aparentemente al verificar toda la información que el agente les ofreció, los patrulleros abordaron sus autos y se fueron seguidos por los del SWAT.

Eran ya las cinco y media de la mañana y «La Flecha», que ahora tenía un enorme agujero en el techo, se encontraba en el parqueo de una zona de descanso de la carretera en las afueras de Roslin, un pequeño pueblo en el estado de North Carolina.

El encargado de la gasolinera vecina había apagado todas las luces y en la puerta puso un letrero decía: CLOSED[15].

---

[15] N. del E. Cerrado

Al sur de la frontera

Poco a poco los pasajeros se fueron calmando. Los comentarios cesaron, estaban cansados. El viaje estaba siendo más turbulento de lo que la mayoría se imaginó. Pero así es la vida misma. Fue entonces cuando Raudel volvió a ocupar su asiento de chofer. Ya iba arrancar el motor cuando se le acercó Tom seguido de cerca por Candelario. Fue este último quien tomó la voz cantante.

—Oye, tú te llamas Raudel, ¿no?

Raudel asintió preocupado. Ya no sabía qué esperar ni de quién. Candelario fue muy directo:

—No te habrás dado cuenta, pero hay que arreglar el agujero del techo —le dijo—. No solo va a entrar el sol, sino que se va a ir todo el aire acondicionado, ya estamos llegando al sur y dentro de poco va a empezar hacer calor. Además, si llueve el agua va entrar a chorros —agregó.

Raudel lo miró preocupado. Por supuesto, no tenía idea de lo que debía de hacer... Yoramis mucho menos, sobre todo ahora que se encontraba en plena crisis emocional. Sin embargo, fue el quien contestó:

—Yo puedo subirme en el techo para tapar el hueco... pero necesito herramientas y algún tipo de material... Yo sé arreglar esas cosas.
—Mira Yoramis —le dijo Candelario—, yo he hecho este viaje muchas veces, estamos ya cerca de la frontera con South Carolina. Ahí se encuentra un complejo muy conocido. Es típico mexicano. Hay un hotel, tiendas, garaje, restaurante... Si paramos ahí, los pasajeros se pueden entretener mientras se arregla esto y así se olvidan un poco de lo que pasó. Nos vamos atrasar, pero no creo que queda otro remedio.

Tom lo miró y asintió.

—Una magnífica idea... ¿Cuál es su nombre?
—Candelario, Candelario García —le contestó—. Y allá atrás está mi esposa, Juana.
—Bien, pues eso haremos —y así fue que Raudel, Yoramis y Tom finalmente se pusieron de acuerdo.

Es curioso, la actual crisis había convertido a Candelario en el líder de este disímil grupo de personas que hasta ese momento apenas se conocían. Trigueño, alto, fuerte, con sus sesenta y pocos años era un individuo que inspiraba confianza.

—Por cierto —agregó Candelario—, le deben anunciar a los pasajeros lo que vamos hacer... Ya están acostumbrados a que él les hable —dijo señalando a Yoramis que no había pronunciado palabra y seguía cabizbajo en su asiento junto al chofer—, así ellos ven que todo está bien...

Viaje de ida

Las palabras de Candelario obraron una especie de magia. De repente, Yoramis, obviamente encantado con la idea, se levantó, sonrió, y sin hacerse de rogar, como si nada hubiera ocurrido, agarró el micrófono y se puso a hablar:

—Señores pasajeros... —el anuncio hizo que muchos miraran hacia el frente, preocupados—: Vamos a seguir el viaje. Bueno... bueno...ya estamos de viaje, sí, sí... —y sonrió—. Como tenemos un hueco en el techo por causa de los tiros, lo vamos a arreglar. No se puede seguir así porque si llueve entra agua y ustedes se van a mojar. Vamos a parar en poco tiempo, no sé cuánto, son minutos más, minutos menos. Vamos a cruzar una frontera, pero no la de México, que es otro país y está lejos. Eso sí vamos a parar en un lugar mexicano donde podrán comprar sombreros, sarapes y comer tortillas. Claro, si no quieren no tienen que comprar sombreros ni comer tortillas, como a mí, que no me gustan, yo voy a subirme al techo para cerrar el hueco.

El anuncio logró el resultado esperado. Después de toda la conmoción pasada, esta vez los pasajeros no lo pudieron evitar y se rieron.

Cuando se hace un viaje largo por carretera a través del país, es fascinante ver como el paisaje va cambiando. Atrás ya quedaron las hojas rojas, anaranjadas y amarillas propias del otoño del norte para ser reemplazadas por un copioso bosque de altos pinos típicos del sur. El sol ya había salido y brillaba sobre el verde intenso de las ramas. Curiosamente, a lo largo del camino aparecieron vallas anunciando la proximidad de un complejo estilo mexicano que marca la llegada al estado de South Carolina a través de su frontera norte. Y en la distancia, entre las copas de los árboles, incongruentemente se veía la silueta de un enorme sombrero.

¿Qué hace un complejo turístico estilo mexicano en el corazón de Dixie? La pregunta es excelente. La historia se remonta unos 50 años, años cuando a dos jóvenes amigos Pablo y Pepe, se les ocurrió poner un motel y cantina junto a la carretera llamado Pepito's para que sirviera de área de descanso a los que frecuentaban la ruta, que va a todo lo largo de la costa este del país. El caso fue que el sitio se hizo popular, creció y a pesar de los cambios y embates del tiempo, subsistió.

El lugar es simpático. A la entrada del complejo, dando la bienvenida, hay varios muñecones, enormes, que con sus sombreros, bigotes y bonachonas sonrisas dan la bienvenida a los viajeros que cruzan el umbral. Fue junto a uno de ellos, llamado Pánfilo, que «La Flecha» se detuvo. A unos pasos quedaba el edificio principal, The Siesta Room, y fue hacia allá adonde cansados, hambrientos y algo desconcertados se encaminaron los pasajeros.

—No estamos vestidas para este lugar Fefa —le dijo su hermana Nenita obviamente disgustada—. Ahí dice que esto es un *resort*... y yo no me puse ese tipo de ropa. Me lo debías haber dicho. Yo dejé en la maleta todos mis *winter whites*...

—Estás perfectamente bien. Mira a tu alrededor, por favor, este no es el tipo de *resort* al que estamos acostumbradas, ahora nos arreglamos un poco la cara y listo, a desayunar...

Viaje de ida

Yo quiero algo ligero, un jugo, yogurt, frutas y café, ¿no te parece? —le contestó Fefa sin soltar la bolsa donde venía Cucú.

Atrás de ellas venía el resto de los pasajeros que lograron llenar toda una sección del restaurante... Entre ellos, cogidos de mano, Augusto y Marifá, que habían aprovechado la pesadilla de Yoramis y la crisis que siguió para hablar, hablar y conocerse mejor...

A Marifá se le veía feliz. Después de tres años allá en el convento, alejada del mundo, esto era con lo que ella soñaba a diario. Curiosamente, se sentía como si conociera a Augusto de toda su vida. Él, por su parte, sabía que se había enamorado y pensaba que regresaría a su abandonada carrera de abogado para poner orden en su vida y hacerle frente a la obligación de mantener a su mujer y familia...

—Mira, mira aquel letrero —le dijo Augusto a Marifá señalando por la ventana hacia el edificio vecino, donde sobre una de sus puertas, había un cartel que decía: *Pepito's Wedding Chapel*—. Quédate aquí mismo, toma una mesa que voy a averiguar... —agregó entusiasmado.

Marifá al darse cuenta de sus intenciones se empezó a reír.

—Augusto, por favor, no me digas que nos vamos a casar en este lugar, en medio de una carretera...

Augusto se hizo quien no escuchó lo que ella decía.

—No te preocupes, que ya vuelvo —y rápidamente salió dejando a Marifá preguntándose: *Y ahora qué irá a hacer...*

Pasaron unos quince, quizás veinte minutos, y Augusto regresó sonriente... Traía unos papeles y una cajita en la mano. Y sin darle tiempo a Marifá a preguntar, se hincó de rodillas y le dijo:

—¿Te quieres casar conmigo? —mientras le mostraba un sencillo anillo de plata que recién había comprado...

Desde aquel momento en adelante todo pasó con una rapidez vertiginosa. Marifá, por supuesto le dijo que sí. Lógicamente, los demás pasajeros cuando vieron a Augusto de rodillas dejaron todo lo que estaban haciendo y se acercaron para enterarse de lo que estaba sucediendo.

—Tú ves... eso es lo que debías hacer —le dijo Yaya al Pitirre—, y no mandarme a dar vueltas por todo este lugar, como me dijiste que hiciera, a ver si había negocio... Aquí no hay clientela, idiota... solo familias —le dijo disgustada.

Hermelinda, la madre de los tres niños se acercó a Marifá para felicitarla...

—¡Cuánto me alegro! ¿Cuándo es la boda?

Augusto fue quien le contestó:

—Bueno, en media hora, más o menos y están todos invitados.

Viaje de ida

Aquella fue la palabra mágica. Como si le hubieran puesto un resorte, aparecieron las Gómez de Peralta, dando besos y felicitaciones...

—Déjenos organizarlo todo... nos encantan las fiestas —decían muy agitadas—. Estos tres niñitos pueden ser tu corte de honor... ¿No te parece? —dijo Fefa refiriéndose a Lalito y sus dos hermanitos—: Por cierto... ¿cuál es tu nombre...? —le preguntó a Marifá
—Marifá Mercate... —fue la rápida respuesta.
—¿Mercate dijiste... Ah... familia acaso del ya fallecido, Don Benito Mercate? No puede ser... —balbuceó Fefa.
—Pues sí —le dijo Marifá—. Ese era mi abuelo... ¿lo conocía?

A las Gómez de Peralta por poco les da un infarto... se miraron, se volvieron a mirar... Sonrieron, y les repartieron más besos a los novios...

—Claro, claro, Dios mío, como no, una familia tan importante... ¿Dime hijita, qué haces casándote aquí...?

Marifá y Augusto ignoraron el comentario. Augusto, correctamente les extendió la mano y les dijo su nombre. De nuevo las dos hermanas reaccionaron con extrema euforia porque también conocían a su mamá que jugaba Bridge con unas amigas comunes y todas iban al mismo club...

—La madre de él es María Leonor Capelí, prima de Esperancita, Nenita —le dijo Fefa a su hermana en voz baja haciendo un aparte—. Viven cerca de nosotras, allá por la 72, el padre tiene oficinas en Wall Street y tienen mucho dinero... El papá es de familia italiana, pero gente bien, sabes... —recitó Fefa que estaba muy al tanto de quién era quien en el alto mundo de la sociedad neoyorquina—. No me explico qué hacen estos muchachos aquí, ya averiguaremos, mientras tanto hay que tratarlos bien...

Augusto, divertido, le dijo a Marifá.

—Después de la ceremonia, vamos a llamar a mis padres, sino, estas señoras van a agarrar los celulares y se lo van a contar a todo Nueva York.

Marifá asintió, aunque algo aprensiva.

—¿Qué dirán tus padres?
—¿Mis padres? Van a estar fascinados. No te preocupes por eso. Mira, vamos para la capilla que nos están esperando...

Augusto y Marifá no habían dado ni dos pasos hacia la puerta, cuando vieron aparecer a los Jalapeños que llegaron en todo su esplendor, portando sus instrumentos y vistiendo los típicos trajes de charro. Habían ido hasta la guagua a buscar su equipaje para cambiarse de ropa. Ahora estaban sonrientes para darles la sorpresa...

—No se preocupen —dijo Porfirio—. Es nuestro regalo, vamos a tocar durante la boda...

Y así fue, que siguiendo a los novios, como una extraña comparsa, fueron todos muy alegres, hacia la capilla...

Viaje de ida

Los que creen en los designios de Dios, dirían que durante este viaje algo extraño había sucedido. Aquí se encontraba un grupo de personas que hacía dos días no se conocían y que tenían poco o nada en común, sin embargo, se creó una nueva familiaridad, y ahora todos se veían felices ante la perspectiva de asistir a la boda de dos amigos que en verdad, para ellos, eran dos extraños. Solo que la vida a veces crea lazos invisibles que desafían a la razón.

Tal era la alegría que flotaba en el ambiente, que ni siquiera las Gómez de Peralta, se dieron cuenta que la decoración de la pequeña capilla era de un mal gusto extraordinario. Las paredes estaban pintadas de varios colores, todos brillantes, chillones. En realidad no se trataba de un recinto religioso, era un simple salón donde se habían colocado hileras de sillas verdes plásticas a ambos lados de una estrecha senda. Al final, una mesa cubierta con un tapete de damasco morado, detrás de la cual se encontraba Don Eurípides Rivera, el juez de paz. Este calzaba *sneakers* y se cubría la ropa con una larga toga de satín negro de muy mala calidad. Sobre la mesa, donde los novios firmarían, había un búcaro con un raído ramo de flores artificiales.

Todo estaba listo para comenzar la ceremonia... Augusto se paró junto al juez y Marifá, con un largo velo que ofrecía la capilla para estas ocasiones, se encontraba de pie junto a la puerta. Delante de ella, muy circunspectos, esperaban Lalito y sus hermanitos, que llevaban los anillos. Ya los Jalapeños estaban listos para comenzar a tocar la marcha nupcial cuando aparecieron Raudel, Yoramis y Candelario que habían terminado de hacer las reparaciones al ómnibus.

Y claro, inesperadamente se escuchó la voz de Yoramis:

—Esperen... esperen... que falto yo. Y sin pedir permiso ni la aprobación de los novios, sonriente, le ofreció el brazo a Marifá para acompañarla hasta el altar. Respetuosamente se quitó la gorra de piloto que llevaba puesta y desfiló, saludando a todos al pasar, como si fuera un importante miembro de la familia. Mientras tanto, inspiradísimos, «Los Jalapeños» tocaban la marcha nupcial... Y así fue como Marifá y Augusto contrajeron matrimonio.

Fue poco después de la ceremonia, al ver a los novios besarse, que las dos prostitutas se echaron a llorar emocionadas, los ojos manchados de negro porque se les había corrido el *rimmel* y sin disimulos se sonaban la nariz con toallitas de papel que iban tirando al piso.

—Pitirre... yo me quiero casar —decía Yaya, balbuceando entre sollozos mientras se secaba las lágrimas—. Me quiero vestir de novia... —y lloraba aún más.

—Y qué... pura ahora, después de tantas batallas... ¿y te me vas a vestir de blanco? —le preguntó Nadisia con desenfado—. Me avisas, porque si es así, yo soy la Madre Teresa...

No todos se veían felices. Mientras casi todos los pasajeros se unían a la celebración, sentada atrás, alejada del resto, sola, estaba Mariquita. De vez en cuando miraba disimuladamente a Candelario, que se había sentado junto a Juana.

Viaje de ida

Desde que estuvimos juntos la otra noche ni me mira... y yo que quedé tan bien... tan apasionada... pensó. *Estoy segura que ella no es tan buena como yo en la cama... Y a él no le queda mucho más tiempo... Come mierda, se lo pierde, así son los hombres.... No sé qué más puedo hacer...* y suspiró.

Desafortunadamente, toda fiesta siempre toca a su fin... Había que seguir el viaje. Inclusive, los nuevos esposos se vieron ante la necesidad de posponer su noche de bodas hasta que «La Flecha» llegara a su destino. Lo cual nunca se podía determinar con exactitud cuándo iba a ser.

¡Cuidado…! Huele a peligro

La vida allá en Nueva Jersey continuaba igual que siempre. Villo iba y venía de la bodega siguiendo su rutina diaria, solo que le inquietaba no tener noticias de lo que estaba sucediendo con «La Flecha». Ahora se encontraba en su casa, sentado en su butacón favorito, viendo el juego de *football*, algo que él adoraba. Sin embargo, no se podía concentrar. Y así se lo dijo a su mujer…

—No sé qué me pasa, Meche… me tienen preocupado esos muchachos, los del ómnibus, no los nuestros, que están perfectamente bien.
—Villo, te estás preocupando por gusto, ya debías haberte quitado eso de la cabeza… Estoy segura que todo anda bien —le dijo Meche que estaba en otra de las butacas leyendo un libro—. ¿Quién está ganando…? —le preguntó refiriéndose al juego—. ¿Los Jets?
—Ah… no… no, para nada, cosa rara, los Dolphins. Estamos jugando muy mal…

En ese momento sonó su celular… Era Skip.

—*Hi Vince… I want to keep you in the loop… I'm concerned. We are after Titov, as you know. We have been informed that he's leaving New York… He may be heading*

Viaje de ida

towards our guys. I told Tom to be on the lookout... Just in case, I'm flying down there...[16]
—*Thank you, Skip, I appreciate it, please let me know if something else develops*[17] —dijo Villo.
—*I will, I will... take care*[18] —y colgó.

Esto no me gusta... pensó Villo. *No me gusta para nada...*

La Flecha había continuado el viaje. Estaban sumamente atrasados, por muchos motivos. Entre ellos, las escalas que habían hecho y que hasta ahora han durado demasiado tiempo, mucho más de lo normal. También el famoso recorrido que inventó Yoramis por el Parque Nacional de Shenandoah y que tomó como cuatro horas... Además, todos los demás percances que se habían ido presentado por el camino. En resumen, el ómnibus lleva cerca de 8 horas de retraso. Y aunque los pasajeros no parecían estar molestos con la demora, había que reponer el tiempo perdido.

—Siento mucho que no podamos hacer noche en el motel de Pepito's —le había dicho Raudel a Augusto—; pero es muy tarde.

---

[16] N. del A. Te quería informar. Estoy preocupado. Me han dicho que Titov va salir de Nueva York. Parece que va a buscar a los muchachos. Le dije a Tom que esté alerta. Estoy volando hacia allá para reunirme con él.
[17] N. del A. Gracias, Skip. Te lo agradezco. Infórmame si algo sucede.
[18] N. del E. Lo haré, lo haré... tranquilo.

—No te preocupes —le contestó Augusto—. Tenemos tiempo por delante. Tampoco queríamos empezar nuestra vida matrimonial en ese sitio. De todos modos, gracias. Todo el mundo nos ha apoyado y se lo agradecemos de todo corazón —le expresó a Raudel al abordar la guagua.

Ya de nuevo acomodados en sus asientos, Marifá y Augusto tenían que ocuparse de varias cosas, comenzando por una serie de llamadas telefónicas, todas importantes. La primera fue a los padres de él, que quedaron simplemente fascinados.

—Estamos volando para Miami... Tenemos mucho que hablar y planear una boda formal. ¿No creen?
—Claro, papá, claro... —le contestó Augusto
—Ah, dicen tus hermanas que ellas también van... Que alegría nos has dado, hijo... quiero conocer a mi nuera —le dijo su mamá.

Le dijo su mamá que también se puso al teléfono. Los Capeli estaban eufóricos.

La próxima llamada la hizo Marifá. Ella tenía que hablar con la oficina de los abogados de su abuelo, que ahora eran sus abogados. A ellos les explicó la situación. Siguiendo las instrucciones de Augusto, les indicó que comenzaran a localizar el paradero de la niña que dio en adopción cuatro años atrás y que corrieran los trámites necesarios, costara lo que costara, para que les dieran, a ella y Augusto, la patria potestad.

—Sí, claro, estaremos esperándolos cuando lleguen a Miami —le anunció uno de sus abogados a Marifá.

Viaje de ida

La tercera llamada fue la más difícil.

—Mamá... Soy yo...Voy camino a casa...

Al escuchar la voz de su hija Ailen Mercate enfureció...

—¿Qué dices, que vienes a vivir para acá... No es posible. Tú debes estar en el convento para siempre... después de la vergüenza que nos hiciste pasar... Cómo es que esa monja te ha dejado salir... y que no me lo haya dicho... Esas no eran las instrucciones que le di... Cómo se atreve, después de todo el dinero que le he mandado...

Hubo un momento de silencio. Se sentía la tensión que había causado la llamada. Solo que la próxima noticia puso las cosas aún peor... Ailen estaba fuera de sí:

—¡Qué! ¿Casada? Bueno, bueno... habrá que anular esa boda... —y alarmada llamó a su marido—. Antonio, Antonio... ven, ven... que es urgente... Tu hija dice que ya no es monja y que se ha casado... —Ailen no podía contener su disgusto—. Ahora mismo voy a llamar al convento para que regreses... atrevida...

—Lo siento mamá —le respondió Marifá sin alterarse—. No sé si te acuerdas, pero debías reconocer la fecha. Hace unos días fue mi cumpleaños, ah, y gracias por no llamarme... Tengo ya 21 años, soy mayor de edad y estoy casada... Recuerda que ya entré en control de mi herencia. Por lo demás, no te preocupes, los llamaré cuando llegue a la ciudad... Saluda a papá... y ahora, adiós —sin esperar respuesta, desconectó el teléfono...

—¡Bravo! —le dijo Augusto y le dio un beso.

Estaba visto que en «La Flecha» no podía pasar mucho tiempo sin escuchar la voz de Yoramis haciendo uno de sus originales anuncios...

—Señores pasajeros...
—Allá va eso —dijo Yaya que estaba pasando por en un momento de mal humor—. ¿Qué nos irá a decir ahora?
—Ejem, ejem... Señores pasajeros... Como ven seguimos viaje. Ya el techo está arreglado. Primero queremos felicitar a los novios... bueno, esposos... ja, ja... Seguimos por Sur Carolina y como no queremos llegar tarde, no vamos a parar más... Mañana vamos a pasar por Yorya, que era donde vivía Scarlet en una casa que le pusieron de nombre Tara. Yo lo sé porque lo vi en una película. La vi tres veces porque trabajé en el cine de Caimito y la gente lloraba. A mí me botaron ese día del trabajo porque me senté a ver la película y tenía que estar cobrando en la taquilla y todo el mundo entró sin pagar. Pero no quiero hablar de eso. Así que hasta mañana, ahora hay que dormir que vamos de prisa.
—No le entendí ni media palabra —le dijo Nenita a su hermana—. Creo que dijo que vamos a seguir viaje y me alegro, porque ya estoy cansada de este ómnibus... Por lo visto, ya mañana debemos estar llegando a Miami...
—Tienes razón, Nenita, yo también estoy cansada —le dijo Fefa y las dos hermanas se acomodaron en sus asientos.

Había sido un día agitado, y al igual que todos los demás pasajeros, se quedaron dormidas...

Viaje de ida

En «La Flecha» reinaba el silencio. Muchas cosas habían sucedido y el ser humano necesita tiempo para asimilarlas. Para algunos el momento estaba llegando.

Juana se había mantenido reservada. En realidad porque no estaba segura de lo que iba a hacer. En las últimas horas, ante la amenaza de separación, Candelario se había estado comportando maravillosamente bien. Pero... hasta cuándo iba a controlarse... Con él nunca había garantías. Por una parte, pensaba Juana, andar sola no le iba a ser fácil... y por otra, la vida junto a un hombre mujeriego era una perenne zozobra. Eso ya lo sabía.

Tengo que decidir cuál es el mal menor... y se le hizo un nudo en la garganta.

Seis horas después...

Apenas comenzaba a aclarar. Había llovido durante la noche y la carretera brillaba con la débil luz de la madrugada. Todo estaba en calma total, se sentía, como dicen los guajiros, olor a tierra *mojá*. No había frío, solo calma y humedad.

Raudel iba manejando, cambió de lugar con Yoramis durante la noche. Cruzaban por el estado de Georgia y hacía rato que habían pasado por las afueras de la ciudad de Savanah. Finalmente, «La Flecha» disfrutaba de un magnífico tiempo y ahora transitaba por un área cercana a la costa, donde al pasar, solo se veía el profundo follaje típico del sur de los Estados Unidos: robles españoles y cipreses cubiertos de musgo, que muy de vez en cuando se alternaban con campos de cultivo y pequeñas casas de madera donde vivían agricultores residentes de esa zona.

Fue entonces que Yoramis, algo sobresaltado, se despertó...

—¿Dónde estamos? —le preguntó a Raudel
—En Georgia, pero en menos de dos horas debemos llegar a la Florida... Podemos parar y almorzar en Jacksonville... ya desde ahí, seguimos sin parar hasta Miami.
—Magnífico, *bro*... ya tengo ganas de salir de la guagua —dijo Yoramis.

Quizás Raudel no debía haber hablado. A partir de ese momento, como en son de protesta, «La Flecha» comenzó a emitir ruidos extraños mientras una cortina de humo salía del motor que iba fallando... corcoveando como un potro salvaje.

—¡Coño, asere, apaga, apaga el motor! —le gritó Yoramis—. Mira que yo sé de esto...

Raudel lo obedeció. Aunque no confiaba en nada de lo que podía decir Yoramis, era cierto que el anduvo por allá, en la lejana isla, haciendo que hacía, manejando vehículos que funcionaban como por arte de magia.

—Deja que se enfríe —le dijo Yoramis—. Espera y vuelve a arrancar, tenemos que llegar a un garaje, algo se ha fundido —y rápido se bajó del *bus* y se puso a trastear con el motor.

Viaje de ida

Poco a poco los pasajeros se fueron despertando...

—¿Dónde estamos? —gritó Paco el sordo mirando hacia afuera donde solo se veían árboles y maleza.

—Ya, lo único que faltaba —dijo Mariquita que disgustada por sus motivos personales no veía la hora de llegar.

Las voces de protesta de los pasajeros seguían en aumento. Yoramis, que ya estaba de vuelta en su sitio, nervioso, no le quedó más remedio que dar explicaciones:

—Señores pasajeros...
—No lo soporto ya —y Nadisia gritó—: ¡Cállate! —pero no siguió insultándolo porque el Pitirre la regañó.
—No la cagues ahora, Nadisia, mira que yo creo que aquel que va delante es un federal...
—Señores pasajeros, tenemos que arreglar algo del motor. Ahora vamos a esperar a ver si arranca... y vamos a parar más adelante en un garaje, si aparece... y si llegamos —inmediatamente Raudel lo miró enfadado—. Bueno, no se preocupen, cuando lleguemos —aclaró—. Gracias.

Los pasajeros ya se habían puesto impacientes y todo lo que querían era llegar a Miami... Tal como Yoramis dijo, «La Flecha» logró arrancar... Y efectivamente, como a unas tres millas vieron junto a la carretera, un Truck Stop que se llamaba Los Cheapos, Body and Fuel. Allí se congregaban las enormes rastras de 18 ruedas que cruzan las carreteras cargadas de mercancía. También era el punto donde paraban motociclistas, camioneros, *hitch-hikers*. En realidad, el ambiente era bastante malo. Los letreros anunciaban comidas rápidas, gasolina, mecánica, baños, duchas... Era el lugar donde los choferes se detenían a hacer una corta escala, descansar, dormir quizás un par de horas y seguir camino. Y estaban los que venían de hacer fechorías o rumbo a hacerlas. Cuando La Flecha se detuvo, para sorpresa de muchos, fue Tom quien se paró para hablarles a los pasajeros...

—Hay que parar un momento para arreglar algo del motor. Les recomiendo que no se bajen del *bus*. Si tienen que ir al baño vayan acompañados y si compran algo de comer lo traen de vuelta y se lo comen aquí. Nosotros estaremos junto al *bus* para seguridad de todos ustedes. Gracias a todos y perdonen la molestia.

—Lo dije... —fue el cortante comentario que hizo Pitirre, que obviamente tenía muchas horas de vuelo—: Este tipo es un federal.

Poco a poco, los pasajeros fueron bajándose del *bus*, unos para ir al baño, otros hambrientos para buscar un café y comer algo.

Hermelinda, que estaba embarazada, se había quedado en el *bus* con sus hijos Yoyi y Lalito, mientras que Rubén había ido a comprarle algo de comer con Tati, el más pequeño.

—Mi mujer ahora come por dos —le dijo Rubén a Augusto que también había ido a traerle desayuno a Marifá. Fue entonces, allá en el ómnibus, que Lalito comenzó a quejarse...

Viaje de ida

—*Mom, mom, I have to go... I have to go...*[19] —Hermelinda sabía que cuando Lalito daba la voz de alarma era necesario llevarlo al baño con la mayor rapidez.

Yoramis, que en ese momento pasaba por el pasillo y lo escuchó, se ofreció a llevarlo para evitar que fuera al baño del *bus* y dejara recuerdos indeseables en el parqueo de este lugar, como había hecho antes.

—Quiere que yo lo lleve. Aquí no puede ir solo —le dijo a su mamá, que vio los cielos abiertos y le dijo:
—Sí, sí... llévalo. Su papá está allá afuera comprando desayuno, después lo dejas con él.

Eran apenas las seis de la mañana y en Los Cheapos Body & Fuel habían varios camiones y automóviles estacionados en el enorme espacio de parqueo... También había vehículos estacionados frente al taller de mecánica. Al otro extremo, un pequeño "*diner*", donde a través de las ventanas se veían unas cuantas personas comiendo. Afuera, un enorme letrero lumínico decía: "*Bathrooms and showers in the back*" (Baños y duchas al fondo), y señalaba el camino. Lalito le dio la mano a Yoramis y ambos se encaminaron a los baños.

Pasaron unos quince o veinte minutos cuando Rubén regresó al ómnibus con café y donuts para Hemelinda y los niños.

—¿Dónde está Lalito? —le preguntó a su mujer.
Hermelinda, alarmada, le respondió con otra pregunta:

---

[19] N. del A. Mami, tengo que ir al baño... rápido.

—¿No está contigo? Él fue con Yoramis al baño y luego iba a buscarte...

Inmediatamente, a Hermelinda un frío intenso le recorrió por el cuerpo...

Rubén, no esperó. Preocupado, rápidamente salió del *bus* y fue hasta los baños a buscar a Lalito... No había rastro ni de él, ni de Yoramis y hacia bastante rato que se habían ido del bus... Sin poder contenerse, desesperado, Rubén se lanzó a correr por todo el parqueo gritando:

—¡Lalito, Lalito...!

Tom y Raudel, al verlo se dieron cuenta que algo pasaba y alarmados fueron detrás de él...

—¡Lalito, Lalito...! —seguía Rubén, casi llorando, fuera de sí... Hermelinda, en el *bus* se puso a llorar con angustia y desesperación...

Fue entonces que Juana, preocupada, despertó a su marido que aún dormía.

—Cande, Cande... hay un niño perdido, despiértate...

A la vez que se acercaba a Hermelinda para consolarla. En un abrir y cerrar de ojos Candelario y los demás pasajeros se movilizaron, todos buscando a Lalito que no se veía por parte alguna... Solo que hasta entonces nadie se había percatado que Yoramis también estaba perdido. Fueron momentos de

Viaje de ida

terrible angustia que iban en aumento, minuto tras minuto. Hermelinda lloraba desconsoladamente, se sentía culpable de haber dejado ir a su hijo con Yoramis y no haberlo llevado ella.

—Es mi culpa —le decía a Juana que no se separaba de su lado.

Ya había pasado cerca de una media hora, y a todos les parecía una eternidad.

—¡Qué, me voy a hacer sin mi hijo! —se quejaba Hermelinda llorando desconsolada...

Afuera, los hombres seguían buscando... Tom había llamado a la policía que debía estar al llegar... Fue entonces, en medio de la bruma de la mañana, que se divisó una figura pequeñita saliendo cautelosamente entre dos de las rastras que se encontraban estacionadas lejos, allá al fondo del parqueo. Era Lalito... En cuanto lo vieron, alguien avisó:

—¡Ahí está, ahí está...! ¡Apareció el niño! ¡Apareció!

Rubén, que estaba más lejos, corrió rápidamente en dirección a su hijo. Lalito venía solo, lloroso y asustado... Cuando vio a su padre, se lanzó a correr y gritó...

—*Papi... papi... two bad men took Yoramis ... Said they are going to kill him...*[20].

---

[20] N. del A. Papi... dos hombres malos se llevaron a Yoramis. Dicen que lo van a matar.

La Búsqueda

Alejándose de la vía principal por una carretera de esas que ni salen en los mapas, transitaba un camión rojo tipo *pick up* que cubría los materiales que transportaba con una vieja lona. Debajo de esa lona, amordazado y atado, iba Yoramis, muerto de miedo, tratando de oír lo que hablaban aquellos extraños personajes que nunca había visto en su vida y que le dieron un golpe en la cabeza al salir del baño allá en Los Cheapos, para después tirarlo con fuerza dentro del camión haciéndolo perder el conocimiento. Ahora que había vuelto en sí, todo le dolía y le estaba costando trabajo oír la conversación de aquellos dos tipos que se comunicaban en inglés y en voz baja.

—*I was told not to kill him, just to grab him, so leave him alone…*[21] —decía una de las voces…
—*Who's going to pay us… I don't give a shit what they do with him. I just want my dammed money so I can get the hell out, Dave…*[22]

---

[21] N. del A. Me dijeron que no lo matara, solo que lo agarrara. Así que déjalo.

[22] N. del A. ¿Quién nos va a pagar? No me importa lo que hagan con él, sólo quiero mi dinero para irme al carajo, Dave.

Viaje de ida

—*Oh, don't worry, a guy name Misha, or something like that, willl meet us there, in a boat house, next to the big place he rented. He works for a rich Russian guy... We're not that far... Is one of those islands on the marsh... We have to wait for him*[23].

Y el camión continuó su camino hacia la costa que en esa zona alberga una multitud de islas. Algunas de ellas son misteriosas, apenas habitadas. Otras, se encuentran prácticamente en estado virgen, secretas y aisladas.... Altooma es una de esas islas.

Allá en los Cheapos Body and Fuel reinaba el caos, aunque todos los pasajeros respiraron aliviados al ver aparecer al niño, pero una pregunta flotaba en el aire... ¿dónde está Yoramis?

Una vez que Rubén y Hermelinda abrazaron y besaron a Lalito, repetidas veces, Tom se les acercó. Ellos estaban reunidos dentro del ómnibus, reponiéndose del terrible momento por el que acababan de pasar.

---

[23] N. del A. No te preocupes, un tipo llamado Misha, o algo así, nos va a recibir en la casa de botes junto a la casa principal que alquilaron. Él trabaja para un ruso muy rico. No estamos lejos, en una de esas islas que están entre los pantanos. Allí lo tenemos que esperar.

—Perdonen, pero necesito que me den permiso para hablar con su hijo —les dijo mostrándole su identificación.

Rubén se mostró sorprendido, *¿qué estará pasando aquí?,* pensó... Preocupado, pero sin hacer comentario alguno al respecto, inmediatamente le contestó:

—Sí, claro, por supuesto que le puede hablar, pero yo tengo que estar con él. Esto ha sido demasiado traumático. Espero me comprenda...

Tom asintió.

—Por supuesto, por supuesto... —y se dirigió a Lalito que estaba sentado junto a su madre y lo miraba receloso.
—No te preocupes, Lalito, que te has portado muy bien. *You are very brave... Like a super hero*[24].

Esta vez Lalito sonrió.

—Cuéntame que pasó, dime si viste a *los bad men* que se llevaron a Yoramis... *It's pretty important, you know...*[25]

Lalito lo miró y le dijo...

---

[24] N. del A. Eres muy valiente, como un gran héroe.

[25] N. del A. Dime si viste a los hombres malos, es muy importante, ¿sabes?

Viaje de ida

—*Two men grabed him when we came out of the bathroom. It was pretty dark... They tried to get me, but I ran away... Yoramis said to me:* Lalito, corre, corre... *I ran fast. Then I saw how they hit him in the head That's when I hid under a truck, but I heard them... They said they were going to kill him... threw him inside a red pick up truck and left, that way...*[26] —y Lalito apuntó hacia la salida que había al otro lado del parqueo. Tom le sonrió.

—*That's very good, Lalito, very good... How did they look, do you remember?*[27]

—*Yeah... sort of... One had long hair... blond. The other one had a cap on. They wore jeans, boots... One had a beard, smell funny... That's all I remember...*[28]

Tom le pasó la mano por la cabeza a Lalito, y le dijo:

—*Thank you, kid*[29] —y dirigiéndose a Rubén y Hermelinda les dijo—: Los felicito por su hijo, lo han educado muy bien. Gracias y perdonen todo esto... Son cosas que ojalá se pudieran evitar.

Rubén lo miró y le preguntó, esta vez con curiosidad.

---

[26] N. del A. Dos hombres lo agarraron cuando salió del baño. Estaba oscuro. Me iban a coger, pero corrí. Entonces vi cómo le pegaron en la cabeza y me escondí debajo de un camión, pero los oí. Dijeron que lo iban a matar, lo tiraron dentro de un camión rojo y se fueron por ahí.
[27] N. del A. Muy bien Lalito, muy bien. ¿Cómo son ellos, te acuerdas?
[28] N. del A. Sí. Uno tiene pelo largo, rubio. El otro tenía una gorra y blue jeans, botas. Uno olía raro y tenía barba. Eso es todo de lo que me acuerdo.
[29] N. del A. Gracias, niño.

—Me puede decir qué es lo que está pasando aquí… Por qué se han llevado a ese muchacho. Es que estamos todos en peligro…

Tom, midió la respuesta.

—No se preocupen, nadie aquí está en peligro. Esto fue algo personal, es todo lo que les puedo decir por el momento. Solo que los vamos a llevar a un hotel cercano, si así lo aceptan… Queremos rescatar a Yoramis, que sí está en peligro. Agradecemos su cooperación —le informó.

Afuera de «La Flecha», se habían congregado varias patrullas, unas de oficiales de la carretera y otras del FBI. En un SUV negro llegó un agente que parecía dirigir a todos los demás. Los pasajeros miraban todo aquello estupefactos… Dos helicópteros daban vueltas por los alrededores. Un grupo de empleados y clientes de Los Cheapos se agolpaban curiosos junto a la puerta del *"diner"*.

—Estoy viviendo una película de misterio —repetía Paco el sordo que de nuevo se había puesto el *hearing aide* para no perderse nada y estaba parado junto a la puerta del ómnibus.
—Yo sabía que aquí había algo raro —murmuró Pitirre y dirigiéndose a sus dos acompañantes, les dijo:
—Muchachitas, tan pronto puedan van al baño, se lavan la cara, quítense el maquillaje y se me cambian de ropa…
—Nadisia y Yaya lo miraban disgustadas—. Den una excusa, pero vayan, vayan… pónganse algo sencillo. No debemos llamar la atención —y siguiendo su propio consejo se quitó la escandalosa chaqueta estampada que usaba y rescató un

Viaje de ida

sweater gris, viejo, que llevaba en la maleta de mano—. Tenemos que pasar por decentes —agregó mientras se lo ponía.

—Yo no sé cuál es tu afán, Pitirre, todos estos *truck stops* son conocidos por estar llenos de putas baratas... no como nosotras, que tenemos clase... —le dijo Yaya, molesta—. Pero no te voy a contradecir esta vez. Lo único que quiero es acabar de salir de esta guagua de mierda... Vamos Nadisia —las dos mujeres salieron del *bus* para seguir las instrucciones que le había dado el jefe.

Por su parte, las Gómez de Peralta no salían de su asombro.

—¡Por amor de Dios, Fefa, dónde hemos caído! —Nenita se encontraba en estado de shock—. Esta idea tuya... En nuestra familia nunca se ha tenido que llamar a la policía, esto es de gente muy baja... que barbaridad. Qué diría la pobre Cucú, pensar que ha estado envuelta en todo esto...

Fefa la miró asintiendo.

—Yo sé, querida, yo sé... Me equivoqué, pero ahora no podemos hacer mucho más... Espero que esto lo solucionen rápidamente. Lo que no entiendo es que extraño los discursos de ese muchacho que se perdió... Ojalá lo encuentren sano y salvo... Sabes, estoy preocupada por él.

Nenita extrañada, miró a su hermana y se encogió de hombros. A veces no entendía muy bien a Fefa.

En general, los pasajeros se veían asustados. Muchos se acercaban a Raudel en busca de información, pero él apenas si les prestaba atención. En realidad, no tenía qué decir. Él también se encontraba nervioso, preocupado, triste. Fue entonces que Tom se le acercó. Lo acompañaba otro hombre que recién había llegado y mostraba aire de autoridad.

—Te quiero presentar a Skip —le dijo Tom a Raudel—. Él es el agente especial a cargo de este caso y acaba de llegar de Nueva York...

Skip parecía haber salido de la película «Los Intocables». Era muy alto, de cuerpo atlético, tenía una mirada penetrante y la cara carecía de expresión.

Después de intercambiar los saludos de rigor, Skip se dirigió a Raudel. Le habló en español, despacio y con cierta dificultad, pero lo suficientemente claro como para que entendiera perfectamente lo que le quería decir.

—Vamos a llevar a todos los pasajeros a un hotel aquí cerca. Estamos haciendo todo lo posible por encontrar a tu amigo, Ya sabemos que se lo llevaron dos individuos locales pagados por los rusos... Necesito que reúnas inmediatamente a los pasajeros, que Tom les va a hablar.

Raudel, siguió las indicaciones de Skip y poco después los pasajeros abordaron «La Flecha».

—Señores pasajeros —les dijo Tom—. Como ya saben dos individuos han secuestrado a Yoramis, el chofer del *bus*.

Viaje de ida

Estamos tratando de rescatarlo. Mientras tanto, necesitamos su cooperación. Los vamos a llevar a un hotel cercano, pagado por las autoridades hasta que terminemos la investigación. No va a ser por mucho tiempo. Perdonen la molestia, trataremos que su estancia sea agradable. Estaremos en el Dunes Resort en una isla cercana. Si tienen alguna pregunta, me la pueden hacer a mí. Muchas gracias.

A raíz del anuncio, hubo algún que otros comentarios en voz baja, pero nadie se atrevió a emitir una opinión, y el ómnibus, que ya había sido reparado, partió, esta vez, con todos sus pasajeros a bordo, pero sin Yoramis.

Gran parte de la costa del estado de Georgia está formada por el estuario del río Savannah. Es una zona que se caracteriza por tener pantanos, marismas y manglares. El paisaje lo complementan los frondosos robles que se ven rodeados de largas ramas de musgo, que crecen y cuelgan como si se trataran de espesas cortinas de formas fantasmagóricas...

En la costa, frente al Atlántico, hay una barrera de numerosas islas que albergan desde exclusivos hoteles, hasta pequeñas chozas de pescadores. También hay un gran número de casas privadas a las que solo se llega en barco, o cruzando pequeños puentes, todas perdidas entre la maleza... Una de las islas más conocida de la zona era la Jeffrey Island, famosa por la belleza de sus playas rodeada de altas dunas y una espléndida vegetación.

En Jeffrey Island se encontraba el Dunes Resort, un hotel pequeño de dos pisos, y estilo mediterráneo. Tenía un agradable patio interior donde había mesas para comer al aire libre. Detrás del edificio estaba el jardín, la terraza y luego la playa. A la llegada de «La Flecha», dos empleados ya esperaban junto a la puerta para llevar a los pasajeros a sus habitaciones. Fue entonces, antes de bajarse del *bus*, que Tom les habló:

—Todos estamos en el piso bajo —les aclaró—: La suite 1205 es la oficina. Desde allí estaremos dirigiendo la búsqueda de Yoramis. Les daré mi celular en caso que necesiten comunicarse conmigo... Vayan a descansar, pueden ir a la playa, si quieren, pero les agradezco que no se alejen. Gracias.

Nadie respondió. Los pasajeros de «La Flecha», se veían notablemente tensos, algo tristes. Indiferentes ante la indiscutible belleza natural que les rodeaba, era obvio que los acontecimientos pasados les habían afectado. Algo había cambiado por el camino. Aparentemente, le tomaron afecto a Yoramis y ahora pensaban seriamente en las consecuencias de su desaparición. Poco a poco, él se había ganado la simpatía de aquel grupo de personas, quizás debido a sus locuras. No se podía negar, tendría mil faltas, pero tenía ángel.

Así fue como cada uno de los pasajeros fueron desfilando por los salones del hotel... Las Gómez de Peralta, cosa rara

Viaje de ida

en ellas, decidieron no cambiar el vestuario y fueron directamente a tomarse un aperitivo.

—Bueno, Nenita, este lugar si es de altura... —le dijo Fefa a su hermana sentándose junto a una mesa en la terraza, más afectada que nunca—: Mira... mira... Pon a Cucú en la butaca que está frente al mar, tú sabes cómo le gustaba la playa... ¿Qué vas a pedir? Yo quiero un Lillet... ¿Lo tendrán aquí.

Afortunadamente a los Jalapeños no se les ocurrió sacar los instrumentos para amenizar la tarde. Porfirio, muy serio, le dijo a sus músicos:

—Muchachos, no protesten.... No queda más remedio que esperar aquí. Mañana, ojalá, tengamos motivos para celebrar —y todos asintieron.

Por su parte, Juana y Candelario se fueron a caminar por la playa...

—¿Vienes conmigo? —le preguntó él.

Juana no lo miró, sino que fijó la vista en el mar...

—No, no... me voy sola, necesito pensar.
—Entonces... ¿Nos vemos aquí para comer? —le preguntó, esperando ansioso su respuesta.
—Sí, sí... claro, Cande. Solo voy a estirar las piernas y aprovechar para respirar aire de mar... no me demoro —y se echó a andar dejando a su marido sumamente confundido.

Sola, en una habitación que daba a la playa, Mariquita, podía ver a la pareja desde la ventana.

Tampoco este ha sido mi día... Ese cabrón me usó... Sinvergüenza... y suspiró. *Aunque peor que yo debe estar el pobre Yoramis, qué habrá sido de él...*, se lamentó.

Posiblemente, los únicos beneficiados en todo el drama, fueron Marifá y Augusto, quienes finalmente tuvieron la oportunidad de consumar su boda... y en largo rato no se les vio salir de la habitación.

Mientras tanto, en la suite 1205, un grupo de oficiales continuaba dirigiendo la búsqueda de Yoramis, una intensa operación que se estaba llevando a cabo por aire, mar y tierra. Claro, tal despliegue de fuerzas no era sólo para rescatarlo. En realidad, el propósito principal era llegar a donde estaba Oleg Titov, figura clave de una inmensa red de crimen que el gobierno federal estaba tratando de descubrir y enjuiciar.

Hasta el momento, las autoridades habían logrado encontrar varias huellas digitales en la puerta del baño de Los Cheapos Body & Fuel, lo que les permitió identificar a los secuestradores. Sin embargo, ellos no tenían domicilio conocido en el área. Por otra parte, encontrar el camión que usaron para cometer el crimen no era tan fácil, teniendo en consideración que deben haber transitado por una vasta zona conocida por su intrincada vegetación y pequeños caminos vecinales.

Viaje de ida

A Yoramis parecía habérselo tragado la tierra. Las autoridades habían seguido varias pistas, pero ninguna los llevaba hasta su paradero. Tom, que estudiaba diferentes rutas y mapas en su *lap top*, no se veía optimista, al contrario, parecía estar frustrado con los resultados de la investigación. Fue entonces que sonó el teléfono de Raudel.

—Contesta —fue la orden lacónica de Skip...
—Es Irina... —dijo Raudel, sin saber qué hacer— ¿Qué le digo?
—Contesta... espera a ver qué es lo que ella te dice... y deja que hable, vamos a tratar de localizar la llamada.

A Raudel no le quedó más remedio que obedecer.

—Irina... ¿qué pasa... dónde estás?
—Raudel, Raudel... —Irina habló en voz baja—. Estoy en un aeropuerto en Jersey...Voy con Oleg en un avión privado a una casa en la isla Altooma... En Georgia... va a una reunión... allí está Yoramis —Obviamente Irina no pudo seguir hablando. Y nerviosamente añadió—: Me voy... me voy... allí tienen un yate...adiós —y desconectó el celular.
—¡Magnifico! —dijo Skip—. Esto quiere decir que en hora y media deben aterrizar. Altooma está a unos 30 minutos de aquí.
—*Lets go, Tom!*[30] —y dirigiéndose a Raudel, le ordenó—: *You'll stay here...*[31]
Fue entonces que Raudel se le enfrentó a Skip...

---

[30] N. del A. Vamos, Tom.
[31] N. del A. Tú te quedas aquí.

—No, yo voy también... Yoramis es mi amigo, Irina mi mujer y si no es por mí ustedes no localizan a Titov... Lo siento, pero yo voy...

Y a Skip y a Tom no les quedó más remedio que acceder.

Operación Rescate

Altooma era una isla que estaba conectada a la costa por un viejo puente de madera. Una estrecha carretera la recorría de un extremo a otro. Casi deshabitada, la rodeaban ciénagas y pantanos, excepto por la parte norte que daba a una pequeña ensenada que estaba frente al Atlántico. Además de un semi abandonado caserío de pescadores, alejada del resto, totalmente cercada, había una vieja casona que casi no se veía desde el enorme portón de entrada, ya que estaba escondida entre milenarios árboles, y frondosos jardines.

Lejos de la casa principal había otros edificios. Eran las habitaciones de la servidumbre y junto a un largo muelle, donde estaba amarrada una lancha motor, se encontraba la casa para los botes. Más lejos, allá en el medio de la ensenada, se veía anclado un poderoso y moderno yate.

Justamente dentro de la casa de botes, atado y amordazado, los dos hombres del camión rojo dejaron a Yoramis, tirado en el piso junto a la pared. Luego, se dirigieron hacia la casa principal.

Creo que me voy a morir, pensó Yoramis. *Nunca aprendí a rezar... no sé qué decir ni qué palabras usar... quizás sea demasiado tarde, pero si esto lo oye Dios... quiero que sepa que no me quisiera morir...* y cerró los ojos.

A su alrededor se sentía un espeluznante silencio, interrumpido a veces por los graznidos de las aves, el croar de los sapos y los chirridos de los murciélagos que se apilaban junto al techo. Un olor extraño y la humedad taladraban los huesos. Todo estaba oscuro, sólo que por las paredes, a través de las rendijas de madera, entraban haces de luz.

Pasaron las horas y Yoramis comenzó a temblar, estaba febril. Sentía un frío intenso, combinado con miedo, sed, y hambre. A medida que pasaba el tiempo el cansancio lo fue dominado y ya, semi inconsciente, cayó en una especie de sopor. Estaba delirante. Fue entonces cuando su mente voló y se vio en Caimito... siempre que soñaba regresaba a su niñez, a su pueblo.

Ahora, había vuelto allá... a los días cuando iba cantando por la carretera central montado en bicicleta... venía de jugar en el parque. Su madre siempre lo esperaba cuando llegaba de la escuela... Su padre había muerto en Angola. Su abuelita materna, Piedad, era diferente a los demás. Ella era la única que le contaba cómo eran las cosas antes de la revolución y cómo el viejo abuelo murió cuando le quitaron la tierra donde cultivaba caña de azúcar. Luego fusilaron al tío Andrés. Después de aquello, la abuela siempre iba a la iglesia a rezar, solo que no había cura ni santos en el altar...

Ay... Caimito, el cantaba todos los viernes el himno de su pueblo natal con los demás pioneritos: *"desde las laderas de*

Viaje de ida

Rosario hasta el mar... aún está, descalzo el pie aborigen y la huella del mambí..."[32]

Y el pobre Yoramis lloró... y lloró...

Por la mente le pasó, como en una vieja película, el verano cuando iba a la playa del Salado, donde conoció a Idelesis, su primera novia... que se fue y no la vio más. Luego vino Yunisia, con quien vivió un año. Fue entonces que murió un tío de ella y la muy sinvergüenza conoció a Mario, el enterrador, que se robó tres ataúdes para construir una balsa. Yunisia aprovechó, se metió dentro de la caja y hasta Miami no paró... En aquella época, a veces, Yoramis manejaba una guagua. Otras, trabajaba en el único cine del pueblo o en el taller de mecánica de Pedro... Su madre se había puesto a vivir con Juan Camilo, que tenía un kiosco de bebida y comida... y a él no le caía bien. En realidad, lo odiaba. Y por eso un buen día arrancó y se fue. No lo hizo por patriota, aunque la revolución nunca le importó... En realidad, no sabía ni por qué lo hizo. Había que irse, todo el mundo lo hacía y se fue.

Y así, pensando en su vida allá en Caimito Yoramis perdió la consciencia...

---

[32] N. del A. Himno del municipio de Caimito de Guayabal: letra de Eric Adrián Pérez, música de Ángel Manuel Pérez Morantes.

Habían pasado más de dos horas... Lo trajo a la realidad el ruido de motores, autos, voces, gente... pasos. Luego, una vez más hubo silencio. Minutos después, alguien abrió la puerta de la casa de botes...

¡Ya! Ahora mismo es cuando me matan..., pensó Yoramis que estaba saliendo de su letárgico sopor... Y vio una silueta borrosa entre la claridad.

¿Irina? ... No puede ser, dijo para sí.

La joven había entrado, cerrando la puerta rápidamente detrás de ella. Se le acercó sin hablar.

—Shh —le hizo señas, poniendo el dedo índice sobre la boca para que se callara, le quitó la mordaza y le dio a beber agua de una botella que traía en la mano—. Estoy con Titov... —dijo en voz baja—. No hagas ruido, Raudel ya viene con la policía —entonces, le desató las manos, los pies y le dejó la botella de agua y una barra de chocolate—. Me tengo que ir —dijo ella—. Si me agarra aquí nos mata a los dos...
—¿Dónde está Titov? —preguntó Yoramis, también en un susurro.
—En el yate, reunido con otros más importantes que él...
—Gracias, Irina...gracias.

No hubo tiempo para decir más nada. Rápida, Irina salió. Ella sabía que corría un riesgo enorme, pero confiaba en que Raudel llegaría a tiempo.

Viaje de ida

En cuanto Irina se fue de la casa de botes, aún maltrecho, débil y adolorido Yoramis se enderezó, caminó un poco para que la sangre le fluyera por las piernas, y sin pensarlo mucho, algo típico en él, abrió la puerta de la casa de botes y salió. En realidad tuvo la inmensa suerte que nadie lo vio porque Misha, el guardaespaldas de Titov, estaba parado frente a la puerta de la casa vigilando el camino que iba hasta el portón de entrada.

Y como un gato salvaje, Yoramis saltó y se escondió detrás de la casa de botes, agazapado entre la maleza que crecía pegada a la cerca. Desde allí tenía la ventaja de verlo todo sin que lo vieran a él.

Era difícil reconocer cuanto tiempo había pasado... quince minutos, veinte, media hora, quien sabe.

Coño, Raudel no llega... será que no viene, pensó Yoramis. Justo en ese instante vio la inconfundible figura de Titov que se había bajado de una lancha y caminaba por el muelle hacia la casa... *Ay... ahora sí que se jodió esto...* pensó. *Me van a coger...* y empezó de nuevo a temblar... Seguidamente escuchó la siempre desagradable voz de Titov.

—*Priveidi yego ko mne* (¡tráiganmelo ahora mismo...!) le ordenó a Misha.

Yoramis no entendió lo que decía, pero el instinto le indicó que lo habían mandado a buscar.

En esta ocasión, Yoramis no se equivocó. Misha, acompañado por los dos individuos que lo habían secuestrada, se encaminaron a la casa de botes.

Abrieron la puerta, entraron y una vez allí, no tardaron mucho en darse cuenta que Yoramis se había escapado... Desde la puerta Misha gritó:

—*On ushei* (se fue).

La reacción no se hizo esperar. A Oleg Titov le dio un ataque de cólera...

—*Polochit yego... polochit yego* (¡búsquenlo, búsquenlo...!)
—gritaba fuera de sí... *Pryano seycnas* (¡ahora mismo!)
—Tovarish... Tovarish... gritaba llamando a su perro que en seguida apareció junto a él.

Yoramis que lo vio desde su escondite y palideció... *Ay Dios mío, ese perro me odia...*

Efectivamente... Tovarich se puso a olfatear, olfatear... y no demoró mucho en encontrarlo. Se paró frente a las malezas donde estaba escondido Yoramis y con gran fuerza comenzó a ladrar y a gruñir sin parar, provocando que Yoramis comenzara a temblar de nuevo y a sudar profusamente.

¿Dónde carajo estará Raudel? Irina me dijo que venía a rescatarme... Me han embarcado y esto ahora sí que se me ha puesto feo, muy feo... pensó.

Viaje de ida

Yoramis tenía razón, Misha y los otros dos hombres no tardaron en descubrirlo. Y encañonado, a punta de pistola lo hicieron salir de su escondite, forzándolo a caminar a empujones, hasta que prácticamente lo arrastraron hasta la puerta de la casa donde Titov ya lo estaba esperando...

Al verlo, Oleg comenzó a reírse a carcajadas.

—Pobre cubanito... Así que creías que te me ibas a escapar... Nadie se escapa del gran Oleg, idiota. Yo sabía que más tarde o más temprano te iba a encontrar y ahora te voy a matar... Te llegó la hora, cubanito...Te voy hacer sufrir, porque vas a morir poco a poco... Mira hacia el pantano que hay más allá... está lleno de cocodrilos con hambre.

Yoramis no se hizo ilusiones, él lo sabía, iba a morir. Fue entonces cuando sucedió algo totalmente inesperado.

Parada detrás de Oleg apareció Irina, apuntándole con una pistola. Al verla, los guardaespaldas sacaron sus armas, pero ella fue mucho más rápida que ellos, y disparó repetidas veces, matando a Misha que se desplomó instantáneamente, luego hiriendo a los otros dos hombres, uno de los cuales se agarró un hombro dando gritos de dolor. El otro, sangrante, soltó su pistola. Entonces Oleg se viró hacia ella.

—*Predatei* (¡Traidora!) —le dijo, lívido—. Esto te va a costar caro...
—No, Oleg, te equivocaste. Esto te va a costar caro a ti...

Yoramis no cabía en sí de su asombro. Seguidamente, con inusitado aire de autoridad, Irina alzó la voz y dijo:

—*On the floor... all of you...! My name is Sasha Koslova, I am an undercover federal agent and you are under arrest*[33].

Todo sucedió a la vez. Casi inmediatamente, un camión blindado rompió la reja de entrada entrando a toda velocidad hasta el frente de la casa, donde frenó. En el venían Skip, Tom y Raudel con varios hombres más. Detrás, venía una verdadera caravana policíaca con autos oficiales de todos tipos haciendo gala de faroles y sirenas. Inesperadamente, aparecieron dos helicópteros volando en círculos sobre ellos, mientras allá en el mar, dos poderosas lanchas abordaban el yate para capturar a los capos rusos con quien Oleg se había reunido.

La operación rescate se había llevado a cabo y había sido todo un éxito.

---

[33] N. del A. ¡Al piso, todos! Mi nombre es Sasha Koslova y soy agente federal. Todos están arrestados.

Sorpresas, decisiones y despedidas

Era temprano en la mañana silenciosamente «La Flecha Bos Lain» se encontraba en camino, casi llegando a su destino. Ya había pasado el júbilo de la víspera cuando llegó Yoramis al hotel, más muerto que vivo, tembloroso aún. Venía de un hospital cercano donde lo llevaron para reconocerlo y al cabo de una hora, rápidamente le dieron de alta. Solo tenía que descansar. Los daños eran más síquicos que físicos. Y así se lo dijeron

La noche anterior tuvo un final maravilloso para él. Al entrar, allí en el lobby estaban todos los pasajeros esperándolo... lo aplaudieron, lo abrazaron, lo besaron... Lloró y todos lloraron emocionados. Los Jalapeños le tocaron Las Mañanitas, aunque él no fuera mexicano. Claro, ellos tampoco. Porfirio era dominicano, había dos nicaragüenses, un cubano y el otro era colombiano. Hasta Pitire se emocionó con su llegada. Yaya y Nadisia le ofrecieron *freebies*, pero qué va, él estaba exhausto, no podía y dos, menos. Todos a su alrededor estaban felices... Lalito le regaló un osito de peluche... y las dos hermanas, que eran tan finas, le compraron una caja de bombones:

—Son doce *truffles*, francesas —le dijeron.

Marifá y Augusto le prometieron que su primer hijo se llamaría Yoramis.

—Bueno, siempre será el tercer nombre —le aclaró Augusto ofreciéndole una copa de *champagne*.

Por largo rato en el hotel reinó la algarabía. Los pasajeros se veían radiantes. Yoramis era el centro de atención, le traían comida, bebida, y más comida...

—Cuéntanos, cuéntanos, qué fue lo que pasó —le dijo Hermelinda, la madre de Lalito—: Mis tres hijos dicen que eres un *super hero*... como Batman y Spider Man.

Y Yoramis, fascinado, de nuevo contó su historia. Cada vez que la repetía, ofrecía una versión diferente, muy personal, a su manera, con exageraciones y extrañas analogías...

—Mañana, mañana se los vuelvo a contar todo de nuevo cuando estemos en «La Flecha».

Todos aplaudieron la noticia. Iban a tener otro discurso, por última vez. Sería el final de un viaje inolvidable.

—No cambio eso por nada —dijo Paco el sordo—. Aquí por lo menos me entretengo, porque a mis hijos les estorbo, ya ni me hacen caso.

Y Candelario le explicó a Yoramis, en un aparte:

Viaje de ida

—Si no es por ti... hubiera perdido a mi mujer. Salvaste mi matrimonio y siempre te lo voy a agradecer.

En realidad, nadie sabe qué va a suceder mañana, pero al menos esa noche, aquel grupo de personas, tan diferentes, unidos solo por la casualidad, estaban celebrando un sentimiento común. Todos se veían felices. Bueno, en realidad, todos menos dos. Mariquita, que al ver que Candelario seguía con su mujer se abstuvo de participar en la fiesta, y Raudel. A este último descubrir que Irina, cuyo verdadero nombre era Sasha Kozlova, era y había sido una agente encubierta del FBI, todo el tiempo que estuvo con él, lo había afectado profundamente. Solo había hablado brevemente con ella, allá, cuando se encontraron en la isla, y no entendió o no quiso entender lo que le quiso decir.

—Raudel... Perdóname, sé que tenemos que hablar... Tengo mucho que explicarte. Lo haré cuando estemos en Miami. Ahora no puedo, tengo que trabajar... Compréndelo, por favor... —y se alejó.

Faltaban escasamente dos horas para llegar a Miami. Los pasajeros, cansados, iban abstraídos, sumidos en sus pensamientos. El viaje había tomado mucho más tiempo de lo previsto y en algunos provocó cambios trascendentales. Afuera brillaba el sol, estaban ya en La Florida. A partir de hoy, la vida comenzaría de nuevo. Para algunos, representaba regresar a la rutina diaria, mientras que para otros significaba un nuevo comienzo o un abrupto final. Sin embargo, cualquiera que fuera la situación personal de cada uno de ellos, aquel viaje nunca se podría ignorar ni olvidar...

Entonces, se escuchó la voz de Yoramis, que les interrumpió la meditación. Ya había tomado posesión del micrófono, algo que le fascinaba, y al verlo todos comenzaron a reír...

—Señores pasajeros... Ya estamos llegando al final de este viaje. En una o quizás dos horas, eso nunca se sabe, estaremos en Miami. Y sobrevivimos. Es mejor sobrevivir a eso de que lo maten a uno. Como a mí, que por poco me matan y yo tenía mucho miedo a morir. Bueno, sigo teniendo miedo porque no sé a dónde voy a ir después de muerto, aunque también me da miedo vivir. Y ahora voy para Miami porque estoy vivo y es mejor estar vivo por mucho tiempo. Cuando lleguemos ustedes se pueden bajar del *bus* y seguir a donde vayan a ir. Todavía yo no sé muy bien a dónde voy a ir. No estoy muy seguro, pero cuando pienso mucho, mucho, creo que ya lo sé, pero no lo puedo decir. De todos modos sé que no los voy a volver a ver. Porque ustedes no van a estar en el mismo lugar que yo y aunque queramos, sólo podemos ver a los que tenemos cerca. Por eso los voy a mirar, mirar y mirar para no olvidarme de sus caras. Algunas caras son mejores que otras, pero a mí no eso me importa. Yo no me fijo en eso. Me gusta más lo que llevan por dentro. Ahora, si quieren, ustedes me pueden mirar también para que se acuerden de mí. Y me pueden tomar fotos. Yo soy Yoramis, hasta pronto —en ese momento hizo una pausa— ¡Ay!, no... no... me equivoqué otra vez, les quise decir, ¡adiós!.

Los pasajeros lo aplaudieron. Sonrieron. Algunos se secaron una que otra lágrima... Mirando hacia atrás, el viaje parecía haber durado una eternidad. Se suponía que hubiera sido de solo 26 horas y ya llevaban casi una semana a bordo de «La

Viaje de ida

Flecha Bos Lain». Algo sí tenían muy seguro, lo que iba a ser un simple viaje de rutina, se convirtió en una aventura, en esa anécdota que siempre se repite en fiestas y reuniones cada vez que queremos impresionar a nuestros oyentes para que vean que fuimos parte de una experiencia excepcional.

Dos horas después...

A la semana de haber salido de Union City, «La Flecha Bos Lain», entraba sucia y desvencijada, aunque triunfal, al parqueo de un conocido hotel situado en la avenida Okeechobee, cerca del aeropuerto de Miami, justo a la entrada de la famosa Ciudad de Hialeah. Era el final del viaje.

Yoramis y Raudel se encontraban sacando las maletas de los pasajeros cuando vieron a Irina descender de un auto. Venía con Skip y otros agentes más. Lentamente ella se les acercó, saludó a Yoramis y dirigiéndose a Raudel, le dijo:

—No puedo esperar más. Tengo que hablar contigo...
—Sí, Claro —le dijo Raudel—: Yo también tengo mucho que decirte. Vámonos de aquí...

Lentamente, Irina y Raudel fueron caminando hacia el hotel, hasta llegar a una pequeña terraza que quedaba bordeando el lote de estacionamiento. Raudel fue el primero en hablarle. La tristeza se había ido transformando en ira. Estaba lleno de contradicciones, se encontraba molesto y a la vez no la quería perder. Obviamente, se negaba a aceptar la realidad. Como hombre, se sentía herido, para él lo peor fue el engaño.

—Aún no lo puedo creer, Irina... No te puedo decir Sasha, perdona. Dime que no lo fingiste todo... —fueron sus primeras palabras.

Sasha se paró frente a Raudel, estaba cabizbaja. No podía mirarlo a los ojos. A ella le dolía tener que ser cruel con alguien de quien, honestamente, llegó a sentirse atraída, a querer y que había sido sumamente cariñoso y bueno con ella.

—No hagas la situación más difícil de lo que es, Raudel —le dijo en voz baja, que a ratos se le quebraba— ¿Qué quieres que te diga? Claro que todo no fue fingido. Lo sabes bien. Quizás al principio sí... Yo no quiero que te martirices. Me haces sentir mal, porque te tomé cariño, te tengo mucho cariño y en mi trabajo ese es un lujo que no me puedo dar... Te pido por favor que lo entiendas... Que no me odies porque yo solo quiero lo mejor para ti.

Raudel la miró en silencio... Finalmente se atrevió a preguntar algo que le torturaba... en realidad, porque temía escuchar la respuesta.

—Y ahora... ¿podemos volver a ser lo mismo que antes?, eso es lo que quiero saber... ¿Vas a dejar de trabajar...? ¿Podremos seguir viviendo juntos?

Sasha se demoró en contestar. Se logró recuperar y su tono fue seco, casi solemne.

Viaje de ida

—Antes de seguir hablando hay algo que tengo que aclararte, porque yo lo quiero. Cuando me llamaste desde la carretera, Oleg te escuchó porque él funciona así. A la fuerza. Tuve que esperar para avisarle a Skip lo que había sucedido y hubo que cambiar los planes. Ustedes siempre fueron una especie de señuelo, la carnada para agarrar a este tipo, que por cierto lo detesto. No pienses que te descubrí ni que te traicioné... Estaba siguiendo órdenes, haciendo el trabajo que hace tiempo elegí...
—Yo entiendo, Irina, no te culpo, lo sé... Pero dime, qué va a pasar con nosotros... —el tono de Raudel era suplicante.
—Salgo de viaje en un par de horas y no te puedo decir a dónde voy... No me atrevo a decirte que nunca más nos vamos a ver porque es algo que ni yo misma sé. Nadie lo sabe... Ahora a los dos nos toca echar a andar... caminar y caminar... No te hagas ilusiones. Vive tu vida que yo tengo que seguir viviendo la mía. Quizás un día cuando menos lo esperes algo sucede y nos volvemos a encontrar. La vida es así, dura, inesperada. Y también a veces nos trae dicha, nos sorprende.

Raudel sintió un fuerte nudo en la garganta. El mundo se le había vuelto de cabeza. Qué iría a ser de él. Siempre pensó tener a Irina a su lado. No podía articular palabra. Sentía un vacío inmenso. No hablaba, solo pensaba... Habían pasado unos pocos minutos que a él le parecieron eternos. La voz de Sasha lo sacó de su meditación.

—Ya me voy, Raudel. Antes quiero aconsejarte que te acojas al plan de protección que te van a ofrecer. Escóndete y cuídate mucho. Esa gente es muy mala.

Raudel estaba de pie junto al muro que rodeaba la terraza. Sasha se le acercó y le rozó la mejilla.

—Adiós, Raudel... adiós...

Finalmente, llorosa, corrió hacia un auto que recién había llegado a buscarla. Entró y sin mirar hacia atrás, partió.

Pasaron unos minutos. Yoramis se acercó a Raudel. También los habían venido a buscar y tenían que irse. A ellos no les dieron la oportunidad de volverse a despedir de los pasajeros. El viaje había terminado.

Y se fueron.

Yoramis miró hacia atrás... Allí quedaban «La Flecha» y mil recuerdos más... Ahora todos tomarían rumbos diferentes. Aquel mundo surreal que se había creado durante un breve tiempo había terminado...Todos tenían sus propias vidas, historias que contar y días por vivir.

En el ómnibus, ajenos a todo lo que pasaba a su alrededor, los pasajeros se alistaban para salir. Las Gómez de Peralta fueron las primeras en levantarse de sus asientos... Miraron curiosas hacia afuera para ver si las habían venido a buscar...

—Mira, Nenita, allí está Camila con Nancy... —le dijo Fefa muy animada a su hermana—. Mírame, mírame a ver si estoy bien... se me debe haber arrugado la blusa, tú sabes cómo son ellas de criticonas —y se alisaba la ropa mientras le hacía señales por la ventana a sus amigas.

Viaje de ida

—Ay, mira que bien, la Nancy trajo el Mercedes —anunció en alta voz para que todo el mundo la oyera—. Seguro que ya le han contado a todo Miami que llegamos en una guagua que se llama «La Flecha Bos Lain», no se lo quería decir... pero como nos hemos demorado tanto, me llamaron porque empezaron a preocuparse.

Y así fue que las dos hermanas se fueron caminando por el pasillo, Fefa, que iba delante, le tiraba besos a todo el mundo como si fuera una estrella de cine. Atrás seguía Nenita, algo agobiada porque le tocó cargar la bolsa con las cenizas de Cucú...

—*Ciao, good-bye, adieu*... a todos... —se despidió Feta. Y ambas bajaron de «La Flecha».

Yaya, que seguía a las dos hermanas de cerca con Pitirre y Nadisia no demoró en hacer un comentario...

—Coño asere, estas mujeres no cambian... Parece que ahora son de la familia Von Trap... Así que *Ciao, good bye, adieu*... A ver si se ponen a cantar... Yo también me despido, pero solo con adiós a todos y basta... —dijo, y dirigiéndose al resto de los pasajeros, que aún estaban en sus asientos, les dijo—: Ya saben si alguien quiere nuestros servicios, hasta abril andaremos caminando por South Beach... A mí me toca ir por la Collins y Nadisia tiene la Ocean Drive, y conste que somos muy profesionales.

Minutos después los tres abordaron un taxi que rápidamente se alejó.

En el parqueo, se había congregado un numeroso grupo de personas, muchos de los cuales había acudido a recibir a los viajeros. Entre ellos había una camioneta de esas enormes, tipo Van, que se llevó a Los Jalapeños. Ellos iban a aparecer en un programa de televisión local...

—Si llegan a tiempo, póngalo para que nos vean. Vamos a cantar y nos van a entrevistar sobre el viaje —anunció orgulloso Porfirio al salir del *bus*.

Aparentemente el viaje en «La Flecha» con todos sus percances y aventuras les había dado cierta vigencia al grupo y había que aprovechar.

Esperando junto a la puerta del ómnibus había una pareja de edad mayor... Al verlos, Lalito corrió hacia ellos gritando:

—¡Abuela, abuelo...! y los abrazó loco de la alegría.
—Herme, que grande está este niño... Dios mío, Esteban —le decía la señora abuela a su marido—. Mira a Yoyi a Tati, como han crecido... Y déjame ver cómo va esa barriga, mi hijita, uy, se está poniendo grande... A ver cómo están ustedes —y la buena señora no paraba de hablar... Su esposo, más corto de palabras, abrazó a Rubén, y le preguntó:
—Bueno, bueno, qué tal el viaje...

Nadie le respondió. Era una historia larga que seguramente repetirían un sinfín de veces al llegar a la casa.

Viaje de ida

—Vamos, vamos... —dijo el abuelo—, que nos están esperando para comer —y sin más, abordaron el auto que no tardó en desaparecer.

Más allá, en el centro del parqueo, una mujer joven aguardaba impaciente junto a su automóvil, mirando curiosa a los pasajeros que se bajaban del ómnibus. De pronto gritó con alegría:

—¡Mamá, papá...! —era la hija de Juana y Candelario que los había venido a buscar con dos de sus hijos.

Al ver a sus padres bajar de «La Flecha», todos fueron a recibirlos y los abrazaron con efusión.

—Por Dios, he estado tan preocupada, mami... —dijo la muchacha. Juana la besó con emoción y le dijo:
—Gracias a Dios estamos bien, y estamos todos juntos.

La joven entonces se dirigió a su padre:

—Papá... me vas a tener que hacer toda esta historia con lujo de detalles. Aquí no ha salido nada en la televisión —Candelario abrazó a su hija.
—Joann, no sabría por dónde empezar... Te lo diré por el camino, nos falta una hora y media para llegar a tu casa y pensamos quedarnos aquí por mucho tiempo.

Alegres emprendieron el regreso rumbo a la ciudad de Naples, en la Florida donde ellos vivían.

Quedaban menos autos en el parqueo, la mayoría de la gente se había ido... Algo apartado, se veían dos lujosos autos. De uno de ellos, habían descendido dos hombres, elegantemente vestidos: traje oscuro, camisa blanca de cuello, corbata. Los acompañaba una mujer de sobria apariencia que tenía tipo de pertenecer a alguna agencia gubernamental. Aparentemente, ella cuidaba a una linda niñita como de dos o tres años a quien traía de la mano... Todos ellos estaban esperando a Augusto y a Marifá. Al verlos descender de «La Flecha», uno de los hombres se les acercó y con extrema formalidad, se presentó:

—Yo soy Ernesto Fernández Pozo, señora Casteli, uno de sus abogados. Aquí mi otro compañero de bufete José Pérez Huerta y yo le quisimos dar una grata sorpresa y trajimos a su hija Magdalena. Le dicen Magdita.

Por un momento, Marifá no pudo hablar, obviamente no se lo esperaba, y se quedó mirando fijamente a aquella niña de cara angelical que tímidamente le sonreía de lejos. Augusto le puso el brazo por los hombros, y ella comenzó a llorar... Pasaron unos minutos... Entonces, poco a poco, ella fue acercándose, despacio, sin creer que lo que veía pudiera ser verdad, hasta que llegó junto a la niña, le tomó las manitos y suavemente le dijo:

—Yo soy tu mamá... la cargó, la besó y la abrazó con fuerza... —y así estuvo durante largo rato.

Augusto, que la observaba emocionado, se mantuvo al margen y la dejó disfrutar su primer momento con su hija.

Viaje de ida

Luego, decidió hacer un aparte y hablar con ambos abogados. Según le indicaron aún quedaban requisitos por llenar en cuanto a la patria potestad de la niña, pero no esperaban ningún problema. Por eso habían traído a la señora Belén Corrales, quien estaba a cargo del caso. Desde allí, los llevarían a la antigua mansión de Don Benito Mercate, el abuelo de Marifá, que se había mantenido cerrada y que ya la habían preparado para su llegada, ya que les pertenecía. Durante los próximos días habría trámites que seguir en cuanto a traspasos de documentos, cuentas de banco, pero todo estaba en orden... Era cierto que los padres de Marifá estaban sumamente disgustados, y que habían protestado por todo, incluyendo la boda, pero no podían hacer nada al respecto. En cuanto a la herencia, el abuelo lo había dejado sumamente claro. Su única heredera era Marifá y a su nuera, Ailen, no tocaba ni un centavo.

—Augusto... Augusto... —Marifá se le acercó. Traía a la niña cargada—: Magdita... este es tu papá —y se la entregó a su marido que la tomó en sus brazos y cariñosamente la besó.
—Ahora nos vamos los tres a casa y vamos a hablar mucho, mucho y a jugar y te vamos a besar y abrazar y a querer para siempre... —le repitió a la niña que no dejaba de sonreír y de mirarla.

Poco después, sonrientes y felices se alejaron a bordo de uno de los autos que habían traído los abogados.

Rezagado junto a la puerta del hotel, aún quedaba Paco el sordo. Ya había pasado mucho tiempo, aquello estaba medio vacío y nadie llegaba por él.

Qué malo es ser viejo, pensó. *Siempre uno está de más...*

Habría transcurrido media hora, quizá más, cuando Paco vio llegar un convertible deportivo en el que venían dos hombres. Eran su hijo David y su compañero, Ricardo. En realidad entre su grupo de amigos eran simplemente conocidos como David y Goliat. La razón era obvia. David era diminuto, de cara bonita, delgado y de baja estatura. Ricardo, o Goliat, era inmensamente alto, ancho de espaldas, fuerte. Un gigante bonachón que hacia todo lo que David quería, quien por su parte tenía fama de ser simplemente insoportable.

Estoy fuera de tiempo... el mundo me ha pasado de largo y me quedé atrás... A mi edad, yo no entiendo muchas cosas, pensó Paco el sordo al ver llegar a su hijo, que como siempre venía de mal humor.

—Vamos papá, entra que estamos tarde —secamente dijo David que venía manejando. Mucho más cariñoso fue Ricardo/Goliat, que se bajó del auto, abrazó al viajero, y le dijo: —Don Paco, qué bueno verlo tan bien... nos tiene que contar cómo le fue... y por qué tomó tanto tiempo en llegar... Venga, venga, que lo vamos a llevar con nosotros a comer cangrejos.
—¿Qué dices que vamos a hacer...? A recoger pendejos... Estás equivocado, muchacho Yo no entro en nada de eso... —fue su rápida respuesta.

Viaje de ida

A Goliat no le quedó más remedio que reír. Y entre preguntas y malentendidos, con mucho trabajo, Paco se acomodó en el auto. Y partieron. El pobre viejo llevaba su maleta recostada sobre las piernas tapándole la cara. Iba sentado en el minúsculo espacio que ocupa el asiento de atrás de aquel auto de solo dos plazas, donde tuvo que contorsionarse y hacer filigranas para lograr entrar.

En el parqueo, en aquel momento ya solo quedaban «La Flecha Bos Lain» y Tom, que estaba esperando que vinieran a recogerla. Él tenía que firmar órdenes y otros documentos oficiales. El ómnibus, pasaría a ser propiedad del gobierno federal mientras se definiera la situación de Yoramis y Raudel... Ahora estaba de pie junto a la puerta del hotel, y lo sorprendió el sonar de un potente taconeo indicando que alguien se le acercaba. A la vez, sintió un fuerte olor a perfume que lo invadía...

Mariquita Viñas venía caminando airosa por el pasillo que daba a la entrada arrastrando su maleta. Se había maquillado y cambiado de ropa. Vestía un minúsculo vestido de pronunciado escote y cortísima falda. Calzaba sandalias de altísimos tacones y se había soltado la melena. Estaba lista para lanzarse de nuevo al campo de batalla. No había quien dijera que era una mujer de edad madura. A los 50 y pocos años aún se veía regia.

—Ah, ¿todavía por aquí? —le preguntó Tom, curioso mientras la miraba sin tratar de contener su admiración.

Mariquita sintió que se había establecido una fuerte corriente entre los dos y como ave de acecho, aprovechó... *Uy, salí ganando, está mil veces mejor y más joven que Candelario*, pensó.

—Sí... me tenía que arreglar un poco... fue un viaje tan largo... —explicaba mientras con la mano, jugaba con el cabello—. ¿Qué haces tú todavía por aquí...?

Tom le explicó... Justamente en ese momento, dos hombres llegaban para llevarse a «La Flecha». Después de seguir los trámites de rigor. Tom y Mariquita vieron cómo se alejaba...

—Se merece un aplauso —le dijo ella medio emotiva—. Me ha dado un poco de tristeza verla partir. Me alegro de haber estado aquí. Se merecía que le dieran una buena despedida.

Y cosa rara, Tom sintió que a él también le había atacado un golpe de melancolía. Ya no quedaba ni un alma por todos los alrededores.... Había caído la tarde.

—Ahora que se han llevado el *bus* no tengo más nada que hacer —dijo él—. Qué te parece acompañarme a tomar un trago... comer... o cualquier otra cosa —el tono era insinuante.

Mariquita lo entendió y se sonrió complacida.

—Me encanta eso de cualquier otra cosa... —y se rió—. Claro, después de tomarme uno o dos tragos y comer.

Viaje de ida

Así fue como Mariquita y Tom, juntos, de brazo, fueron los últimos en salir del estacionamiento del hotel.

Santuarios

La casa a donde llevaron a Raudel y a Yoramis se encuentra en la zona sur de Miami, conocida como los Redlands, donde se mezclan terrenos agrícolas con áreas residenciales. Es parte de una pequeña finca de recreo donde crecen frondosos árboles, algunos frutales y hay profusión de flores y follaje que ofrecen una gran privacidad. Los vecinos ni se ven ni se oyen. Es lo que se conoce en términos policiales como un *safe house*, una especie de santuario donde se hospedan temporalmente personas que se han de mantener incomunicadas, a salvo, pendiente de su aparición en juicio para testificar.

En realidad, el lugar era sumamente agradable. Lo bordeaba una alta cerca de madera. Al fondo del jardín tenía una piscina rodeada de sillas de extensión para tenderse a tomar el sol y varias mesas con sombrillas de lona. Más alejada, estaba la residencia. Era compacta, de dos pisos y apariencia elegante, acogedora. Un amplio portal la bordeaba en su totalidad.

Al llegar a la casa Skip había hablado: Primero con Raudel, después con Yoramis.

Ante una larga mesa se encontraban sentados varios hombres, todos era eran de diferentes agencias federales. Yoramis nunca se enteró quiénes eran ni de dónde salieron, pero

Viaje de ida

tomaban notas en sus *lap tops* como unos poseídos, lo miraban y escudriñaban muy serios. A él no le estaba gustando aquello.

—Yoramis, queremos ser muy francos contigo —le dijo Skip que llevaba la voz cantante—. Si sigues tu vida normal, con tu mismo nombre, nunca vas a estar a salvo... Gracias a la captura de Titov hemos podido descubrir una gran red de crimen, pero no los agarramos a todos y Titov tiene los contactos para mandarte a matar desde la prisión. Eso es difícil de controlar. Te podemos colocar lejos de aquí, en un lugar donde nadie te conozca y allí podrás rehacer tu vida sin peligro, empezar de nuevo, tranquilo... Vas a tener un futuro.

Yoramis lo miró sin entender exactamente lo que le habían propuesto... La idea le parecía algo confusa y obviamente no le había gustado y así lo hizo ver.

—¿Me tengo que cambiar el nombre...? —preguntó ansioso.

Skip le contestó afirmativamente.

—Claro, muchacho, eso es lo más importante.
—Pero yo soy Yoramis... —protestó disgustado—. A mí me gusta mucho mi nombre. Yo no quiero ser Jack ni Pedro... —contestó—. Ahora que todo el mundo me conoce me lo van a cambiar... No, no, qué va... Si hasta y me recibieron y me cantaron cuando llegué de aquella maldita isla... Altoo, no sé qué cosa.

Skip lo miró preocupado.

—Quizás debemos esperar un poco, Yoramis. Tuviste una mala experiencia y es bueno que te repongas. Quiero que lo pienses con detenimiento. Esto es algo muy serio. Claro, aún faltan algunos meses para el juicio y durante ese tiempo, estás a salvo aquí. Después de ese momento tienes que decidir lo que vas a hacer.

Yoramis asintió. Eso sí le había gustado. Le encantaba posponer decisiones, sobre todo las más difíciles. Aquello de dejarlo todo para mañana era algo que siempre le fascinó.

—¿Qué va a pasar con La Flecha? —le preguntó curioso. Yo siempre pensé que iba a dedicarme a hacer viajes y manejarla por todas partes. Eso es lo que me gusta...

Skip se tomó tiempo en explicarle la situación de «La Flecha». Como se había comprado con el dinero que ellos le llevaron a Titov, había sido incautada. Posiblemente la venderían en subasta pública. Solo Villo tenía algún derecho sobre ella...

—Y Raudel... —preguntó Yoramis.

Skip le contestó rápidamente.

—Raudel ya accedió al plan que le propusimos, deja que sea el quien te lo diga. Ya le expliqué que no los podía mandar juntos al mismo sitio...

Viaje de ida

Esta vez Yoramis se vio muy disgustado.

—Ah... yo creía... siempre me imaginé que si decidía irme él también se iría conmigo... Yo no tengo familia en este país y somos casi como hermanos. Fuimos a los colegios juntos, allá en Caimito.
—No... no puede ser así. Pero piénsalo, piensa bien lo que te dije, Yoramis, no es un capricho nuestro. Es por tu propio bien. Por salvar tu vida —le aclaró Skip

Y con esas palabras fue que terminó la reunión. Yoramis se quedó pensativo, tenía demasiadas cosas que aclararse a sí mismo y procesar... Se sentó solo, a lo lejos... se le habían acabado las ideas. Y eso era raro en él.

Tiempo después...

Pasaron varios meses... el tiempo vuela. No fueron días fáciles, sobre todo para Raudel. Yoramis, por su parte, todas las mañanas, salía a caminar por la finca, iba recogiendo las frutas que crecían en los árboles, casi siempre, en silencio, cosa muy rara en él. Indiscutiblemente las últimas experiencias habían dejado huella.

Finalmente, la forzosa temporada estaba tocando a su fin. El juicio había tenido lugar. Titov iría a la cárcel, por un tiempo... Ahora, Yoramis y Raudel partirían en diferentes direcciones obligados a rehacer sus vidas. Es triste y difícil decirle adiós al pasado, no importa cuán desagradable este haya sido. Es como quedarse sin historia. Pero no era hoy cuando tenía que partir. Quizás mañana... Hoy, los dos amigos se encontraban al borde de la piscina, disfrutando de las horas que les quedaban juntos. Era el momento ideal para las confidencias.

—¿Has sabido de Irina..., Sasha o cómo se llame?

Yoramis le hizo la difícil pregunta a Raudel. La que no se había atrevido a hacer hasta ese momento.

—No... no... Tampoco espero saber más de ella. Eso fue lo que me dio a entender.

A Yoramis le picaba la curiosidad y no se iba a controlar.

—Qué... Se fue para Rusia, ¿no?
—No Yoramis, ella nació en Boston de padres rusos, y cuando era niña ellos vivieron en La Habana... Allí fue donde tomó clases de baile. De ballet... Tú sabes cómo es la cosa allá con el baile. Y por eso habla ruso y español tan bien... Por lo menos ese fue el cuento que me hizo, hace tiempo.
—Ah...—fue el comentario de Yoramis—. Claro, por eso el tremendo cuerpazo. Yo te aseguro que los padres eran espías. Mira como ella coló trabajando para esta gente...

Raudel se quedó pensativo y solo le respondió...

—Ella estudió aquí... en Quantico... Eso fue lo que me lo dijeron Tom y Skip.
—Qué es eso *bro*...—Yoramis estaba decidido a continuar indagando.

Viaje de ida

—Una academia federal —le dijo Raudel—. Queda en Virginia.
—Ah... Oye, Raudel, sería de ahí de donde ella sacó aquella rusa que me presentó allá en Brooklyn, ¿te acuerdas...? Era grandísima... Parecía una luchadora. Yo no podía con ella.
—Sí, Yoramis, no me puedo olvidar... —le contestó Raudel con resignación.
—Oye, *bro*, me acosté con ella dos veces... y me dio tremenda entrá de golpes. Me tiró al piso. Quería luchar conmigo...y mírame bien el tamaño, yo no soy tan grande. Mido 5'9 y va que chifla.

Raudel lo miró y esta vez no pudo evitar reírse...

—Sí y saliste del cuarto en cueros dando gritos y diciendo... ¡Me mata me mata! —y se rieron los dos.

Después, por unos minutos de nuevo reinó el silencio, uno de esos difíciles, de los que pesan mucho porque faltan palabras y no sabemos qué decir o no nos atrevemos a hablar lo que nos corre por la mente. Los dos sabían que esta era la despedida de dos amigos que ya no se verían más y no estaba a su alcance hacer algo para evitarlo.

—Bueno... a ver ahora a dónde te van a mandar a ti... ¿Qué te han dicho...? —preguntó Yoramis. La voz se le había puesto ronca. Se estaba poniendo triste.
—¿A mí? Nada. Por qué, tú sabes algo... —ahora era el turno de Raudel de preguntar y miró Yoramis curioso.

—¿A mí...? Qué coño me van a decir, Raudel... si me miran como si estuviera loco —contestó Yoramis con rapidez.
—No están tan lejos de la verdad... —y de nuevo Raudel se rió—. Tú sabes Yoramis... yo estoy dispuesto a irme a donde me manden... No tengo por qué estar aquí. Y es verdad que si esta gente sale de la cárcel nos la van a cepillar, *bro*... No te lo tengo que decir yo.

Esta vez fue Yoramis el que se quedó callado.

—Y tú qué... a dónde te quieres ir... —le preguntó Raudel.
—Yo... yo no sé, no me acabo de decidir.

Yoramis no pudo seguir. Por el camino que iba hacia la piscina se acercaban dos hombres. Uno era Skip y el otro era... ¡Villo!

—¡Don Villo!

Yoramis sonrió como hacía tiempo que no sonreía.

—¡Esta es la mejor sorpresa de mi vida! Yoramis daba saltos de alegría.

Villo había llegado de Nueva Jersey esa mañana y se le acercaba sonriente. Él había estado al tanto de los acontecimientos gracias a su amigo Skip y venía a hablar con Yoramis. Tenía entendido que él no estaba convencido de irse a vivir a un lugar desconocido y adoptar una nueva identidad. Villo, que le había tomado mucho cariño, venía a tratar de

Viaje de ida

convencerlo... y si no lo lograba, él iba a hacerle una nueva propuesta.

Yoramis, por su parte, veía en Villo la figura paternal que nunca tuvo. Y solo con verlo se le alegró el día.

Por eso después de los saludos de rigor, Villo y Yoramis se alejaron y se sentaron los dos solos a conversar. Raudel siguió con Skip... Tenía que partir.

—Yoramis... me tienes muy preocupado... —le dijo Villo—. Me han dicho que estás resistido a acogerte al plan de protección que te ofrece el FBI... Sabes que corres un riesgo muy grande si no lo haces...

Yoramis se quedó pensativo. Para él lo que decía Villo era la ley. Solo que él era testarudo y sin consultar con nadie, en su mente ya había tomado otra decisión.

—Don Villo... para mí lo que usted diga siempre, siempre se lo voy a agradecer. Mucho, mucho. Solo que ahora yo pensé otra cosa. Usted me conoce y sabe que me cuesta trabajo pensar. La verdad, yo no quiero irme solo a un lugar extraño. Ya pasé por eso cuando llegué y mire todo lo que me ha traído. Llevo dos años y medio aquí en la Yuma y nada. Mi vida no es nada. Yo no sé si fue que me criaron así, o si yo nací así. A veces siento mucho miedo y me dan ganas hasta de llorar. Yo veo que todo el mundo funciona y hace cosas importantes y yo no. No nací para esta vida, Don Villo.

A Villo le tomaron por sorpresa las palabras de Yoramis. Nunca lo había oído hablar así, en serio. Fue entonces que le ofreció una alternativa... diferente... mejor.

—Yoramis, ven a vivir con nosotros. Con Meche y conmigo. Te quedas en la bodega, en el mismo cuarto que tenías antes. Allí vas a tener trabajo y nadie se va a meter contigo. Vas a estar protegido. Te vamos a dar nuestro nombre. Como otro hijo más... Yo me quedé con «La Flecha», para hacer excursiones cerca. Tú la puedes manejar...,"

Yoramis no esperaba que Villo le hiciera esa proposición. Y aquello le tocó el corazón. Por primera vez alguien, desinteresadamente, estaba dispuesto a hacer algo por él... Por eso le había tomado tanto cariño. Villo era una persona excepcional.

—Don Villo... como usted, yo nunca he conocido a nadie —Yoramis tenía los ojos llorosos—. Yo... yo... qué más quisiera yo sino irme a vivir a su casa, con ustedes. Con la familia que no tuve. Y me va a costar mucho, mucho, lo que le voy a decir, porque lo quiero mucho y lo respeto aún más. Pero no puedo ir a vivir allá, en Nueva Jersey de nuevo con usted.

A Yoramis las lágrimas le corrían abiertamente por la cara.

—Por qué Yoramis. Explícame —le preguntó Villo.
—Le voy a causar problemas. Soy un peligro. Qué pasa si los rusos vienen a su casa. Yo ya los vi y pasé por eso. No, no se lo puedo hacer, aunque de veras me duele no aceptar lo que me ofrece. Si esto me hubiera pasado antes... sería la

Viaje de ida

persona más feliz del mundo. Pero llegó ahora. Y es tarde. Mala suerte... Hay a quien todo le llega a tiempo... A mí no. Por favor, entienda... Entienda y le doy las gracias, siempre, siempre...

Villo lo miró con una mezcla de cariño, orgullo y preocupación.

—Te entiendo, te lo agradezco, y admiro tu decisión. Todo el mundo te quiere ayudar. Hablé mucho con Skip, somos como hermanos, desde la universidad y él me dio permiso para decirte que te van a ofrecer algo nuevo... Creo que te va a gustar... Pero él debe ser quien te lo diga. Y yo estaré presente.

Yoramis lo miró sorprendido.

—Bueno... si usted lo cree así, claro que lo voy a escuchar. Ya estoy curioso, Don Villo...

La reunión no tardó en tener lugar. En vez de sentarse alrededor de la mesa se quedaron junto a la piscina. Skip hasta prendió el radio que había debajo de una de las sombrillas. *Qué raro es todo esto*, pensó Yoramis. Esta vez Skip no tardó en hablarle.

—Yoramis, quizás podamos llegar todos a un acuerdo. Lo que te voy a ofrecer lleva un riesgo bastante grande, y no creas que te podemos ir a salvar ni ayudar en caso de una emergencia. Pero vas a ganar dinero, bastante dinero, más de lo que estás acostumbrado que irá directamente a tu cuenta de banco en este país... Eso, si aceptas trabajar para nosotros. No para mí, directamente, sino para otra agencia del gobierno...

Yoramis abrió los ojos. Simplemente no salía de su asombro...

—Yo... a trabajar para ustedes... Pero, ¿qué tengo que hacer?

—No te vas a quedar aquí... en vez, te vas a ir fuera del país. Vas a mantener tu nombre. No creo que los rusos se enteren de tu paradero, sería extremadamente difícil porque vas a desaparecer. Si lo hacen y llegan a ti, lo cual dudo, nada puedo hacer yo ni nadie por defenderte. ¿Entiendes? Con el tiempo, las circunstancias podrían cambiar... Si no es así, te sacaríamos y volverías para acá.

A Yoramis los ojos se le salían de las órbitas. No entendía muy bien cuál era la oferta.

—Pero no me acaba de decir qué es lo que tengo que hacer... Ni a dónde voy a ir.

Skip se sonrió...

—Esta vez, vas a volver a ser chofer... tienes que escuchar, abrir los ojos, preguntar, averiguar, sacar fotos, mover la gente nuestra de un lugar a otro... y reportarnos todo lo que ves y escuchas. No estarás solo, habrá otros como tú... Tendrás un contacto y recibirás órdenes. Ahí es donde tienes que tener cuidado. No te confíes de nadie. Solo piensa que vas ayudar a mucha gente, es una noble causa.

Viaje de ida

—¡Ah...! ¡Voy a ser como James Bond...!

Skip no pudo evitar una sonrisa...

—Sí y no. Primero, no eres inglés. Tampoco vas a tener un Aston Martin y la chica te la tienes que buscar tú... Por lo demás... solo un ligero parecido.

—Pues claro que si... Acepto. Ahora dígame, Skip... ¿a dónde me van a mandar?

La Isla

—Marislay… Marislay… Corre, mira…arreglé el camión. Ahora nos podemos ir para la playa. Apúrate que por la tarde va a llover, mira que está soplando el aire del sur…

Así, eufórico, fue como Yoramis entró en la pequeña casa pintada de azul turquesa brillante con ventanas amarillas que se encontraba en el camino que iba hacia la costa, en las afueras de su natal Caimito del Guayabal. Traía una bolsa en la mano y un racimo de plátanos en la otra. Venía muy contento. Era temprano en la mañana y una linda joven, sonriente, salió para recibirlo.

—¿Qué traes ahí, Yoramis… de dónde vienes ahora? Saliste bien de madrugada. Yo estaba dormida.
—No… Tuve que trabajar… Recogí a unos turistas y los llevé hasta el Mariel. Les tomé varias fotos en el barco donde se iban a pescar… Por la tarde los tengo que recoger en el taxi que dejé en el garaje de Juan... Pero olvídate de eso, mira todo lo que te traje y ahora hasta tenemos tiempo para irnos un rato hasta la playa.

Yoramis puso los plátanos y la bolsa sobre la mesa.

Viaje de ida

—Conseguí todo esto, tapiñaó, tú sabes —y la besó en la mejilla—. Cómete el pan ahora que todavía está fresco. No te puedes quejar amanecí con ganas de hacer cosas —y agarró a Marislay de una mano—: Ven, ven conmigo, quiero que veas cómo pinté el camión. Me quedó muy bien... Aproveché la pintura que quedó de la casa... Tienes que verlo... —dijo con satisfacción y la llevó de la mano hasta la puerta.

Marislay lo siguió sin protestar. Ella también iba alegre y feliz. Entonces, Yoramis le mostró orgulloso lo que le había hecho al viejo camión que ahora estaba pintado del mismo ofensivo tono turquesa que tenía la casa. Se veía horroroso. En una de las puertas, en letras grandes, amarillas y desiguales, decía: «La Flecha».

—¿Por qué le pusiste La Flecha...? Este camión no tiene nada de rápido, cuando arranca y camina lo hace como una tortuga —le comentó la joven—. Yoramis, estás obsesionado con ese nombre.

—Ay, Marislay, son cosas mías... es que me trae recuerdos. Yo te conté que había tenido una guagua cuando vivía por allá... yo te lo dije, ¿no te acuerdas?

—Sí, Yoramis, me lo has contado más de mil veces... —le dijo ella como quien repite una vieja lección—. Por cierto. Tu mamá estuvo aquí. Trajo comida que había quedado anoche del kiosco... y también una postal que te llegó por correo, allá a su casa. Como esa era tu dirección vieja. Se me había olvidado decírtelo.

—¿Una postal? ¿Por correo? ¿De quién es...? Nadie sabe que yo estoy aquí —a Yoramis aquello no le gustó. Es más, lo puso ansioso, se le notó en la voz.
—No sé... no reconozco el nombre —le dijo ella—. Tiene un paisaje muy raro, parece otro planeta, tú sabes, de montañas y de piedras rojas grandes, así como dicen que es Marte o la Luna... qué sé yo, Yoramis, yo no sé de esas cosas... Te la voy a buscar para que tú la veas.

En unos minutos, Marislay regresó con una postal en la mano... Venia leyéndola...
—Esto viene de la Yuma... ¿Conoces a un tal Fernando Montero? Así dice la firma...

Nervioso, Yoramis agarró la postal y la miró con detenimiento. Venía de un lugar llamado Monuments Valley, Utah... y decía así:

Saludos desde el Goulding Lodge. Ven a visitarme. Estoy encantado con todo. Y lo firmaba Fernando Montero, *general manager...*

Yoramis se quedó mirando la postal sin decir palabra y sonrió. Curiosa Marislay le preguntó:

—¿Qué pasa, por qué te ríes...?
—Ay, no sé... —aclaró sin dejar de mirar la postal—. No conozco a esta persona. Esta debe ser alguna propaganda de viajes. Tú sabes, ahora con los cambios que hay... —y siguió hablando con mayor rapidez—. Es que me alegro de recibir cartas, aunque no sepa quién me las manda.

Viaje de ida

Pasaron unos minutos… Entonces, abrió una gaveta y buscó una tachuela… Agarró la postal y sin dejarla de mirar, la clavó en la pared, junto a la mesita donde se sentaba a comer.

—Parece que te gustó… Tú nunca te pones así con los adornos de la casa —le dijo Marislay desconcertada.

Yoramis se había quedado ensimismado. Fue Marislay quien lo trajo de nuevo a la realidad.

—¿Qué haces todavía ahí parado, Yoramis. Llegaste apurándome y ya yo estoy lista. ¿Por fin nos vamos a la playa, o no…? —la joven estaba impaciente.

Yoramis se volvió hacia ella y la miró… Miró a su alrededor.

—Sí, sí… Claro… Marislay, vamos, vamos...

Yoramis caminó hasta la puerta y salió de la casa solo para ver que Marislay ya estaba instalada en «La Flecha», y sin esperar más, se sentó junto a ella que lo miraba intrigada.

—Pensé que ya no venías… que te habías arrepentido.
—Sí, sí…vámonos, voy a sentarme en la arena, respirar el aire, y pensar…
—A pensar en qué, Yoramis…
—En mil cosas… En el pasado… En el futuro…
Marislay miró a Yoramis de reojo, titubeó y con la cabeza baja le dijo:

—De pronto te has puesto medio extraño con esa postal... Y quiero preguntarte algo que no entiendo. ¿Por qué regresaste, Yoramis? siempre te lo he querido preguntar y no me he atrevido...

Yoramis no le contestó de inmediato. Se puso inquieto, miró a su alrededor... No parecía encontrar las palabras... Se había puesto tenso.

—No sé cómo decírtelo —le explicó—. Esto es algo que yo he pensado mucho y casi ni yo mismo lo sé. Pero te lo voy a decir a mi manera, como yo lo veo... La verdad es que todos somos pasajeros de un viaje de ida, donde el camino a veces se hace difícil, lo sé bien por mí. Yo andaba medio perdido, cometí errores, muchos errores. Nadie me dijo a dónde iba, ni por qué. Poco a poco fui aprendiendo y sin planearlo la vida me trajo al punto de partida. Sólo que ahora conozco mejor el terreno que piso.

Marislay lo miró intrigada, obviamente había entendido poco... pasó un momento. Entonces, interrogante, insistió:

—Yoramis... todo el mundo se quiere ir de aquí, yo me quiero ir... y tú regresaste.
—Mira esos árboles —y Yoramis le señaló a su alrededor—. Si los trasplantas y no echan raíces, poco a poco se van secando, se les caen las hojas y al final, mueren... Piensa que yo soy como uno de esos árboles... Casi me muero, Marislay... Casi me muero —le repitió.

Viaje de ida

De nuevo, la joven lo observó, seguía intrigada. Obviamente Yoramis no había logrado aclararle mucho... Ahora, mirando hacia lo lejos Yoramis sonrió.

—Hace tiempo me lancé a correr una aventura... No funcionó. Ahora creo que estoy haciendo algo que me hace sentir útil. Por primera vez se me presentó la oportunidad de hacer algo bueno, importante y quiero tratar... No te puedo explicar más... Finalmente, creo que encontré el camino —le dijo.

Entonces, se le acercó y con ternura la besó en la frente.

Epílogo

Era un día de esos de puro verano. El sol resplandecía… había calor. Las hojas de los árboles brillaban. A las palmas las mecía la cálida brisa del sur. No había una nube en el azul del cielo y a lo lejos se escuchaba el trinar de un ruiseñor…

Impaciente, Yoramis arrancó el viejo camión destartalado… el que pintó de color turquesa y le puso por nombre «La Flecha». Luego, tomó el viejo camino de tierra que conocía tan bien, el que recorría desde que era niño y que lo llevaba hacia el mar…

- Fin -

Índice

Notas de la autora	9
Prefacio	11
Sobre este libro	13
La gran ciudad	15
La Delicia-Villo Deli y Bodega	22
La Hermana Faustina	25
La pequeña Odesa	29
Discordia	35
¡A correr!	38
Línea de ómnibus La Flecha	50
Segunda Parte 61	
Lista de Pasajeros	62
De Union City a Hialeah	76
Conociéndonos	87
Intervención divina	96
Encrucijadas	117
Sueño… o pesadilla	128
Al sur de la frontera	137
¡Cuidado…! Huele a peligro	148
La Búsqueda	160
Operación Rescate	173
Sorpresas, decisiones y despedidas	181
Santuarios	198
La Isla	210
Epílogo	216

Otros libros de la autora

**Disponible en Amazon y
www.publicacionesentrelineas.com**

Made in the USA
Charleston, SC
02 November 2016